悪徳貴族の生存戦略2
Survival Strategies of The Evil Nobility
わんた イラスト 夕薙 story by wanta art by yunagi

Survival Strategies of The Evil Nobility

CONTENTS

「ユリアンヌ様は護衛対象外なので
離れてもらえませんか？」
アデーレ
ジャック
「私も旦那様を守るためにいるので、
その話は聞けませんね」
ユリアンヌ

「み、見ないでください～‼」
グイント
「こいつは、男だぞ？」
ユリアンヌはグイントが
女性だと勘違いしているようで、
鋭い目をして俺を非難していた。

悪徳貴族の生存戦略 2

Survival Strategies of The Evil Nobility

あくとくきぞくのせいぞんせんりゃく

わんた
イラスト 夕薙
story by wanta
art by yunagi

プロローグ　訓練の必要性

勇者セラビミアがジラール領から去って、一カ月が経過した。

領内は平和になったが、これは一時的なものでしかない。『悪徳貴族の生存戦略』で死神的なポジションである勇者――セラビミアが、俺《おれ》を狙《ねら》っていることには変わりないからだ。

直接的に攻撃してくることはないだろうが、完璧《かんぺき》な世界とやらを作るために、様々な手を使って俺を襲《おそ》ってくるはず。例えば勇者という立場を使って、貴族をけしかけてくるとかな。

また気がかりなことは勇者だけではない。

レッサー・アースドラゴンを捕《つか》まえて、リザードマンに渡《わた》した犯人が、不明のままなのだ。目的もわかっていない。ジラール領を荒らすこと、もしくは俺の命を狙っていたと予想しているが、そうでない可能性も充分にある。思い込みをしてはならん。

ゲームでは中盤《ちゅうばん》以降になると他貴族からの侵略《しんりゃく》イベントはあったが、王国暦からして今は序盤《じょばん》なのでその心配は少ない。

しかし、俺がゲームのジャックと異なる動きをしている影響で、イベントの発生時期が変わる可能性もある。ゲーム知識があっても安心できないな。

ルミエやケヴィンといった身内の裏切りに怯《おび》えながら対処してくだけでも大変なのに、さらに外敵が攻《せ》めてくるなんて、『悪徳貴族の生存戦略』の難易度設定はおかしい。ったく、制作者であろうセラビミアは、ろくな死に方はしないだろう。迷惑をかけられている俺が保証してやる。

「金と力が必要だな」

執務室《しつむしつ》で書類の処理をしていたが集中力が切れてしまった。

今も俺の近くで敵が動いていると思ったら、デスクワークなんてやってられん。

持っていたペンを投げ捨てると、外に向かう途中《とちゅう》でケヴィンと遭遇《そうぐう》した。

「どこに行かれるので？」

仕事をサボって何しているんですか、なんて言いたそうだな。

相変わらず嫌《いや》みなヤツだ。

セラビミアと正体不明の敵に狙われている状況《じょうきょう》で遊ぶほど、頭がお花畑の人間ではないぞ。

「急ぎの用事は午前中に終わらせたから、これから中庭で訓練をする」

領地を発展させる必要はあるし、私兵を鍛《きた》えて増やすこともしなければいけないが、それは俺が生きていればという前提がある。

身内が頼れない今、個人としての戦闘能力も上げておきたい。

明日ケヴィンやルミエに裏切られても、生き残れる力が欲しいのだ。

「また彼女との訓練ですか……」

呆《あき》れたような声を出されてしまったが、気にはしていられない。

周囲の評価なんて無視だ。

俺は俺の信じる道を進むまでである。

「レッサー・アースドラゴンとの戦いで力不足を感じたからな。次に備える必要がある」

「普通は領主が戦わないようにするため、兵を強くするのでは？」

「正論だな。だが、それがいつも正しいとは限らないぞ」

敵の十倍の戦力をぶつければ勝てるよね、みたいなことを言っているようなもので、そんなことできれば苦労しない。

現実は理想と違《ちが》って足りないものばかりだ。

重税と横領によって領地が破綻《はたん》しそうなのに、大量の私兵なんて集められるわけない。

「兵を雇《やと》い維持《いじ》する金、鍛える時間が足りない。お前は準備が終わるまで、数年も無防備なまま過ごせとでも言うつもりか？　それとも、金を持っている商人から財産を奪《うば》い取ろうという話でもしたいのか？　私兵は増やせるだろうが、理由なく財産を奪い取ってしまえば恨《うら》まれるぞ。しかも、ヤツらは死ぬまで忘れないだろうよ」

兵力を強化しようとして敵を作るなんて愚策《ぐさく》でしかない。

ここまで説明したのだから、ケヴィンも理解はしてくれただろう。

もう、文句は言ってこないはずだ。

「今できる最善の手段が、自分を鍛えることだけなんだ。わかったか？」

「ジャック様のおっしゃる通りです。私が間違っておりました」

己の非を認めたケヴィンは頭を下げたが、俺は信用なんてしない。

親父について些細《ささい》だが嘘《うそ》をついていたからな。

何を望んでいるのかまではわからんが、俺とは根本的に考え方が違うので、どこかで袂《たもと》を分かつかもしれん。

「わかればいい」

返事なんて待たずにその場を去ると、ようやく中庭に着いた。

地面に座って足を開き、体をほぐしているアデーレが視界に入る。

俺の姿を見ると嬉《うれ》しそうに犬の尻尾《しっぽ》を振って笑顔になった。

「訓練するんですか？」

「もちろんだ」

「ジャック様は、訓練が大好きですもんね。お手伝いしますっ！」

子供のような純粋《じゅんすい》な笑顔を向けられてしまえば、一人で訓練するなんて言えない。

今日は素振《すぶ》りではなく実戦形式にするか。

「頼む」

地面に転がっている木剣《ぼっけん》を拾う。片手で振り回せるタイプだ。ヒュドラの双剣《そうけん》はアデーレに譲《ゆず》るつもりなので、最近は片手剣《かたてけん》の訓練も始めていた。

「師匠《ししょう》、模擬《もぎ》戦を頼めないか？」

「やりましょう！」

足がバネになっているんじゃないかと思うほど、アデーレは高く跳躍《ちょうやく》して立ち上がった。

両手に木剣を持った、双剣スタイルである。

「いくぞッ！」

今は訓練なので、魔法《まほう》を使って奇襲《きしゅう》攻撃なんてしない。走って近寄ると木剣を振り下ろす。だが軽く受け流されてしまい、空いているもう一方の木剣が俺の頭上に迫《せま》ってくる。

全力で攻撃をしたわけではなかったので、体のバランスは崩《くず》していない。落ち着いて後ろに下がって回避《かいひ》してから、右足を軸《じく》にして回転。木剣を横に振るった。

脇腹《わきばら》を狙った一撃《いちげき》ではあったが、跳躍されて回避されるのと同時に、アデーレのつま先が刀身の上に乗る。

「マジかよ……」

軽業師のような動きに驚《おどろ》いて動きが止まってしまった。

「隙ありです」

笑顔で二本の木剣を振り下ろすアデーレの姿を見ながら仰向《あおむ》けに倒《たお》れる。

両肩が痛い。戦闘に慣れていないからか、予想外の展開に対応できなかった。奇襲されたときに、しっかりと対応できるよう、今から緊急時《きんきゅうじ》の対応にも慣れておかないと。

もっと実戦経験が必要だな。

外に出て魔物《まもの》と戦うか。

——そんなことを考えていたら、目の前が真っ暗になってしまった。

＊＊＊

「ジャック様ーーー！」

アデーレの声で目が覚めた。

どうやら少しの間、意識が飛んでいたようだ。

両肩はまだ痛いし、体は動きそうにない。すぐには立ち上がれないな。

青空を見ながら痛みが和らぐのを待っていると、視界に覗《のぞ》き込んでくるアデーレの顔が入ってきた。

「大丈夫ですか？」

ケガをさせてしまったのではないかと、不安になっている声だ。

犬耳がぺたーっと力なく垂れ、見ているだけで可哀想《かわいそう》になる。

「骨は折れてない。休んでいれば、すぐに回復するだろう」

風が吹《ふ》いて熱した体が冷めていく。

心地よいので目をつぶることにしたら、胸に重みを感じた。どうやらアデーレが頭を乗せたようで、
スンスンと鼻を動かしている気配を感じる。

また匂《にお》いチェックをされているのか。

汗臭《あせくさ》くないのかよ。

気になって目を薄く開くと、尻尾を横に振って喜んでいた。

変な性癖《せいへき》を持ちやがって。ゲーム内の設定にもなかった動きに、出会ったときからの変化を感じる。

アデーレだけでなく、ルミエやルートヴィヒたちも考えや性格が変わり、成長していくんだろう。

「そろそろ離れてくれないか？」

顔を上げたアデーレは、絶望したような表情をしていた。

さっきまで動いていた尻尾は力なく地面についている。目には涙を浮《う》かべており、楽しみを奪い取ってしまったという罪悪感を刺激《しげき》してきた。

これを素でやっているのだからズルい。

拒否できないじゃないか。

「ダメ……ですか？」

「……好きにしろ」

俺の匂いが好きなのであれば裏切る心配はないだろう。

そう思い込むことにして許可を出した。

甘やかしているわけじゃないからなッ！


アデーレに匂いを嗅《か》がれていると、土を踏《ふ》む音が聞こえた。

首だけを動かして誰が来たのか確認する。

……どうやらケヴィンのようだ。

「お楽しみ中に失礼いたします」

また嫌みったらしいことを言いやがったな。

訓練前の会話なんて忘れているような態度で、イラッとする。

「楽しんでいるように見えるなら、お前の目は腐《くさ》っているとしか言えんな」

言い返してみたがケヴィンの表情は変わらない。

それどころか無視して、羊皮紙を一枚、俺に渡した。

横になりながら受け取ると内容を見る。

ジラール領にある唯一の町、その下水道の調査結果だ。

陳情《ちんじょう》にあった腐臭《ふしゅう》の原因を探ってもらっていたのだが、原因が特定できたようである。

『悪徳貴族の生存戦略』のサブクエと全く同じ内容で、下水道に適応したゴブリンが小動物などを殺し回っていて、死体から臭《にお》いが発生しているらしい。放置すれば町中に伝染病が蔓延《まんえん》してしまうので、さっさと手を打つ必要がある。

ゴブリンの数は五十匹《ぴき》とやや多め。地上に出てきたら被害《ひがい》は大きいだろう。さっさと処分するべきだな。

「住処《すみか》まで特定できているか？」

「はい。冒険者どもに調査させました」

こういった地味な仕事は時間がかかるので、安く使える冒険者が役に立つ。

ギルドが認めた報告書なので信憑《しんぴょう》性は高いだろう。

「冒険者にゴブリン退治を依頼されますか？」

普通であればケヴィンの提案にのるんだろうが、そんなもったいないことはしない。

せっかく実戦経験を積むチャンスなんだから活用するべきだろう。

「いや、俺が兵を率いて戦う」

模擬戦で実戦経験のなさを痛感したので、戦えるときに戦っておく精神は重要だ。

それに下水道には斥候《せっこう》キャラのグイントがいる。ゲーム内では魔物の奇襲を防ぐ他、強化していけば防諜《ぼうちょう》にも使えたので、守りの要として活躍《かつやく》する重要なキャラだった。

ヤツを仲間にするためには、俺が下水道に行くべきなのだ。

「承知いたしました」

実戦経験が必要だと理解しているケヴィンは、文句一つ言うことなく頭を下げた。

「メンバーはアデーレと兵長のルートヴィヒ、それと十人程度の兵で行く予定だ」

「携帯《けいたい》食料などの準備をしておきます」

ケヴィンは歩いて屋敷の中に入っていた。ルミエに出兵の準備をさせるのだろう。

「アデーレ、話を聞いていたか？」

「へ？　あ、はい！」

匂いに夢中で聞いてなかったな。

大丈夫か、なんて不安を感じてしまった。

「二日後に町の下水道に入る。ルートヴィヒと相談して、使える兵を十人ほど選んでおいてくれ」

「わかりました！」

名残惜《なごりお》しそうに俺の胸から離れると、アデーレも屋敷の中に入っていった。

第一章　婚約者《こんやくしゃ》

下水道調査をする前に、執務室《しつむしつ》で仕事をしているとケヴィンが入ってきた。

手には数冊の本があるので、追加の仕事がきたのだろう。

つい一時間ほど前、第四村から魔物《まもの》の被害《ひがい》について、大量の書類が来たばかりだ。

第四村には冒険者を派遣するように指示したものの、ほかにも次々と問題が発生している。

余裕《よゆう》がなくなってイライラしていた。

「今度は何だ？」

「婚約者候補たちです」

…………ああ、そんな存在もいたな。

問題が山積みで忘れていたが、ジャックには婚約者がいた。ゲーム序盤《じょばん》に婚約者を選ぶといったシナリオがあったので、知らないうちにイベントが発生したようだ。

本来は両親と話し合って決めるのだが、永遠の眠《ねむ》りについているので俺《おれ》に選択権がある。

気は進まないが、ケヴィンがデスクに置いた本を開く。女性のイラストが描《か》かれていた。

こいつらが見合い希望者だ。

「騎士もしくは男爵《だんしゃく》家の娘《むすめ》たちです。いくつか選んでください。私の方から打診《だしん》いたします」

田舎の男爵家とお見合いするような女は少ない。

しかも悪名高いジラール家となれば、相手は相応の問題を抱《かか》えている。

例えば一ページ目にいたのは、年齢《ねんれい》が四十歳《さい》を超《こ》えている女性だった。

ケヴィンが別紙で用意した報告書によると、かなりの浪費家《ろうひか》らしい。

年齢の問題もあるしパスだな。

次のページにいたのは、体重が百kgは超えてそうな巨漢《きょかん》の女性である。

俺にはその手の趣味《しゅみ》はないので、近くにいてほしいとすら思わない。

他にもメイドをいじめる趣味を持つ女や浮気癖《うわきぐせ》のある女など、許容できない問題が一つか二つはある。

たまにまともな女がいたかと思えば、家が借金だらけとか、ジラール家と負けず劣《おと》らずの悪名高い家だったりする。

しかも最悪なことに、ゲーム内にいた婚約者候補を探そうとしたのだが、見当たらなかったのだ。

ゲームとは違《ちが》う動きをしている影響《えいきょう》が、こんな所にも出てしまったようだな。

もしくはセラビミアが邪魔《じゃま》をしたのか？

真相はわからんが、味方にしたい相手ではなかったので、今はどうでもいい。

「お前は誰がいいと思う？」

領地だけでなく、婚約者候補ですら問題だらけで頭が痛くなってきた。

考えるのを放棄《ほうき》した俺は、ケヴィンに任せることにした。

「そうですね……この方はいかがでしょうか？」

ケヴィンは一人の女を指さした。

年齢は十五歳、適齢期《てきれいき》なので今すぐにでも結婚《けっこん》はできそうだ。

相手も男爵家で家の格はあう。

で、こいつはどんな問題を抱えているんだと思ってケヴィンの調査報告書を見ると、過去に誘拐《ゆうかい》された経験があって、傷ものになっている可能性があると書かれていた。

それ以外の欠点はなさそうである。

「悪くはない……ん？」

俺は問題ないと思っていたのだが、他に気になる記述があった。

「家臣と恋愛関係にあるのか」

貴族社会では子供を産む義務さえ果たせば女性の浮気も黙認《もくにん》されるようだが、俺はそういった裏切りが大っ嫌《きら》いだ。

ほぼ間違いなく浮気する女と結婚するつもりはない。

見合いをすることになったら、その場で斬《き》り殺してしまうだろう。

クソッ、なんだか婚約者を選ぶのが馬鹿らしくなってきた。

時間の無駄だし、結婚しないと割り切ってみるのは、どうだろうか？

「なあ、結婚せずに養子を迎《むか》えて家を相続させるだと、ダメか？」

「ジラール家の評判が、さらに落ちても良いのであれば」

「そうなるか……」

結婚せずに養子を迎えてしまうと、貴族の義務を果たしてないと周囲から思われてしまうらしい。

俺には理解できない考えである。

周囲からは侮《あなど》られるし、養子はイジメられるだろう。

貴族社会で独身を貫《つらぬ》くのは難しい。結婚しても子供はできませんでした、といった建前を作る必要がありそうだ。

「気は進まないが、この中から選ぶしかないか」

ケヴィンにオススメされた女はムカつくので無視すると、ページをペラペラとめくる。

真剣《しんけん》に探してみるが、問題が大きすぎて選べない。

三冊目の後半になっても候補者が一人も出てこないのは、さすがにどうなんだ？

世の中、まともな女はいないと勘違《かんちが》いしてしまいそうである。

結局、最後の方まで候補はゼロのまま進む。

「こいつは……」

年齢はやや高めの十八歳だが、問題はない。

前世からすれば早すぎると思うぐらいだ。家は……騎士か。世襲制《せしゅうせい》ではなく一代限りで貴族に叙《じょ》された者たちのことだ。

ギリギリ貴族と呼ばれる立場だが、田舎男爵であるジラール家なら、正妻として迎え入れることも可能である。

相手は世襲制の貴族に仲間入りできるので、悪名高いジラール家でも娘を差し出したいという意図があるんだろうな。

ゲーム内に登場しなかった女なので詳細《しょうさい》が知りたい。

こいつはなんの問題を抱えているのか調べるために、ケヴィンの調査書を見る。

どうやら男勝りな性格をしていて、周囲の令嬢《れいじょう》から嫌われているらしい。

『悪徳貴族の生存戦略』の貴族社会において、女は男を立てる存在でなければいけない。

男勝りな性格というのは最低という評価になる。

刺繍《ししゅう》やダンス、マナーよりも剣術《けんじゅつ》が好きな性格みたいで、実戦経験も豊富なようだ。十二歳の頃《ころ》から魔物退治を何度もしているらしい。

それだけでも男爵の婚約者としては問題があるのだが、さらに一年前、人肉を好んで食べる大型の人型魔物――オーガによって、首筋から胸にかけて斬り傷を負ったらしい。

大きな傷、それもドレスを着たら見える場所にあるので、同性の令嬢にはさげすまれているようだし、男性からは異性として見ることはできないと言われているようだ。

だから、婚約が決まらずに焦《あせ》っているのだろう。

まぁ俺は気にしないけどな。傷の一つや二つ、何の問題にはならない。重要なのは性格面なのだから。

「この女でいい。先方に打診しておけ」

結婚には良いイメージがないので本当はしたくないのだが、まあ、とりあえず会ってみるぐらいはしてやるか。

最悪結婚してもすぐに別居、子供ができませんでしたといって、ジラール家を終わらせるのもありだ。

贅沢《ぜいたく》な暮らしさえできれば跡継《あとつ》ぎなんてどうでもいいからな。

死んだ後のことなんて気にしないし、裏切りにさえ気をつければ、別居プランは意外とありだなと思い始めていた。


ケヴィンと婚約者の話をした日の夜、俺はベッドの上で攻略《こうりゃく》メモを読んでいた。

斥候《せっこう》キャラのグイントは、下水道の一部をアジトとして使っている盗賊《とうぞく》団に囚《とら》われている。

アデーレのように死ぬ日が決まっているキャラではないので、今も生きているのか不明ではあるが、ゲームよりも早めに動いているので大丈夫だろう。

盗賊団は重税から逃《に》げ出した農村の次男や三男が主な構成員で、空き巣や旅人を脅《おど》して金を手に入れている小物たちだ。

放置すれば治安を乱すし、かといって捕《つか》まえても金にはならない。

今までは優先度が低くて後回しにしていたのだが、ようやく着手できる。

「残った問題はグイントを仲間にできるか、だな」

彼は盗賊団から救出して仲良くなった後、悩みを解決すると仲間になってくれる。

しかし、この悩みというのが厄介《やっかい》なのだ。

ゲームでは三十種類も用意されていて、ランダムで一つが選ばれるようなシステムだった。

最悪の悩みが選ばれてしまった場合、解決まで一年かかることもあるのでそうした際は、別の案を用意しなければいけないだろう。

「ジャック様」

今後の予定を考えていたらドアがノックされた。

声からしてルミエだと、すぐにわかる。

「入れ」

メモをベッドに置いてから入室の許可を出した。

「失礼いたします」

ドアが開いてルミエが中に入ってくる。

いつもより表情は硬《かた》い気がした。

「何の用だ？」

「……ご婚約者について、お話があります」

そういえばゲーム内だと、ルミエが側室になるルートがあったのを思い出した。

正妻を娶《めと》った後、側室を選ぶのか、それとも選ばないのか、そういったことが気になっているのかもしれない。

「領地の問題が片付いてないのに、なぜ、このタイミングなのでしょうか？」

「ケヴィンがうるさいからだ」

前世の妻には裏切られたので、本当は結婚なんてしたくはない。

だが貴族の義務として子供を作る必要はあり、相手は貴族階級の身分でなければ周囲が納得しないのだ。

家臣の裏切りフラグが立つ可能性もあるので、仕方なく話を進めているのである。

「そういうことですか。だからケヴィンさんは奥様《おくさま》を早く見つけるんだと、意気込《いきご》んでいたんですね」

そんな頑張《がんば》らなくていいのだが……。

正直、ずっと一人でいたい気持ちが強いので、ケヴィンの動きは邪魔に感じてしまう。

「どうせ愛のない政略結婚なんだ。子供が一人できたら、お互い別々に暮らして顔を合わせない生活でもしておくさ」

養子と言ってしまえば周囲が俺の考えを疑いそうなので、子供を作る意思はあるとアピールした。

実際は結婚したらすぐに、家庭内別居を始めてやる。

食事だって別々だ。

結婚相手には何も求めてないので、婚約者が決まっても俺の生活は変わらないだろう。

「徹底《てってい》されておりますね。それほどまで、結婚はお嫌いなのでしょうか？」

随分と突《つ》っ込《こ》んで聞いてくるな。

やはり側室ルートの存在が影響しているのだろうか。

アプローチされても面倒《めんどう》なので、はっきりと言っておこう。

「嫌《いや》だな。面倒なだけだ。俺は俺のためにだけ生きる」

だから贅沢な暮らしも独り占《じ》めするのだ。

セラビミアが一緒に理想の世界を作ろうと言ってきたが、魅力《みりょく》に感じなかった理由もそこにある。

「そこは変わってないんですね」

なぜかルミエは微笑《ほほえ》んでいた。

普通は自分勝手な人間だと感じて、評価が下がるところじゃないのかよ。

「話は終わりか？　俺はもう寝《ね》るぞ」

「お話に付き合っていただき、ありがとうございました」

用事はなく、話したかっただけ。

貴族と平民の関係を考えればあり得ないことではあるが、ルミエは小さい頃からずっと一緒にいるので、この程度のことは許容するべきだろう。

ルミエが部屋を出ていったので、枕元《まくらもと》にある明かりを消すと、寝ることにした。

＊＊＊

薄暗《うすぐら》い廊下を一人出歩きながら、先ほどまで会っていたジャック様のことを思い出します。

勇者セラビミア様の来訪があってから、ジャック様は大きく変わってしまったように感じていました。

毒から目覚めたとき以上の変化ですね。

アデーレさんとの稽古《けいこ》は激しさが増していくばかりで、生傷が絶えません。

領地の問題には今まで以上に真剣に取り組み、各種トラブルも迅速《じんそく》に対応されて、ジラール領は驚《おどろ》くほど住みやすい場所になっています。

特に不正を働いていた役人には厳しく対処していて、第三村で起こった徴税人《ちょうぜい》の処刑をきっかけに、横領、盗《ぬす》み、女性への暴行などをおこなっていた人たちは、次々と処罰《しょばつ》されていきました。

ある種の過激さを持っているので、周囲の評価も〝不正を許さない領主〟、〝融通《ゆうずう》の利かない殺人鬼《さつじんき》〟など両極端にわかれていますね。

もちろん私の評価は前者で、ケヴィンさんも同じでしょう。

「でも、変わっていない部分もありました」

自分のためだけに生きるというのは、昔から言っていたことです。

表面上は変わっても、根本は私の知っているジャック様。

別人になってしまったのではないかと不安だったせいで、相変わらず独りを貫こうとする姿を見て、いけないとは思いつつも安心してしまいました。

女好きであっても、あの人の本質は孤独《こどく》なのです。婚約者ができても変わらないでしょう。

ですから私は優しく接しようと思います。

ジャック様が唯一、心の底から信用して依存《いぞん》する存在になれば、ルートヴィヒはもっと安全に生活できるよう、配慮《はいりょ》してもらえますからね。

第二章　サブクエスト・下水道の掃除

熟睡《じゅくすい》できたので気分よく目覚めた。

今日はアデーレが、慣れない手つきで着替《きが》えを手伝ってくれている。

剣術《けんじゅつ》の師匠《ししょう》だけではなく常に警護できるようにと、メイドの基礎《きそ》的な仕事を学んでいるのだ。

すべてはセラビミアの影響《えいきょう》による変化である。

ルミエは近くで様子を眺《なが》めていて、不手際《ふてぎわ》があれば指摘《してき》できる準備をしていた。

「俺《おれ》たちは弱く、二人がかりでもセラビミアには勝てない」

俺の背後に回って上着を着せようとしているアデーレに言った。

予《あらかじ》めわかっていたことだが、戦闘能力に圧倒的な差があり、何度戦っても勝てるイメージがわかない。

もしかしたら俺より先にこの世界へ来て、効率よく訓練していたのかもしれない。そう思いついて、俺の危機感はさらに高まっていく。

普通なら負けを認めて、セラビミアに大人しく従うべきなのかもしれない。

だが俺は、そんなことは絶対にしないぞ。

ジラール領は俺の物だからだ。

力で奪《うば》い取ろうとするのであれば、徹底的《てってい》に排除《はいじょ》してやる。

「だが俺たちは強くなれる。死ぬ気で努力すれば逆転できるだろう」

魔物《まもの》や人と戦って強くなり、セラビミアに近づく。

それだけじゃ足りないだろうから、仲間だって増やそう。

もちろん、裏切る心配の少ないヤツらを狙《ねら》ってな。

バカなことにセラビミアは俺に時間を与《あた》えたのだ。

その余裕《よゆう》が命取りになることを教えてやる。

「もちろんです。もう、ジャック様の足手まといにはなりません。絶対に勝ちます」

決意のこもった力強い声だった。

アデーレはセラビミアとの戦闘中、人質に取られたこともあって、俺よりも決意は固そうである。

元々、裏切る心配は少なかったが、さらに可能性は下がったと言えるだろう。この点についてはセラビミアに感謝してもいいかもな。

「そうだな。絶対に勝つ」

勇者と戦うなんて不穏《ふおん》な会話のせいか、ルミエは不安そうな表情をしていた。

これは狙い通りである。危ない情報を共有したとき、どう動くのか確かめる予定なのだ。

監視役はメイド見習いをしているアデーレ。今回の下水道探索《たんさく》には結局連れて行かず、俺が不在の間に裏切るような素振《そぶ》りを見せるヤツがいないか、調べる仕事を任せていた。

服を着替え終わると、今度は装備を身につけていく。

貴族に相応《ふさわ》しいミスリル製のブレストアーマーやガントレット、ブーツを身につけ、左右の腰にヒュドラの双剣《そうけん》をぶら下げる。

とぐろを巻いた蛇《へび》の家紋《かもん》がついたマントを付けると、準備は完了《かんりょう》だ。

「行くぞ」

ルミエがドアを開けたので寝室《しんしつ》を出る。

廊下を歩いて一階の玄関《げんかん》にまで行くと、私兵が十人並んでいた。こいつらが下水道を探索するメンバーだ。私兵の指揮は兵長であるルートヴィヒに任せると決めている。

「お待ちしておりました！」

ルートヴィヒが大声で言うと、全員が胸に手を当てて敬礼をした。

一糸乱れぬ動きだ。少し前まで訓練をサボっていたとは思えないほど、洗練されている。

第三村での戦いを乗り越《こ》えたことで、自分らが誰を守っているのかわかって、やる気が出たのかもしれない。

「お前たち、仕事内容は理解しているか？」

「もちろんでございます！」

返事をしたのは、私兵の代表者であるルートヴィヒだ。

「言ってみろ」

「下水道を住処《すみか》にしたゴブリンの討伐《とうばつ》でございます！　数はおよそ五〇。全滅《ぜんめつ》したと思われるまで探索を続ける予定です！」

「よろしい。よくわかっているじゃないか」

ゴブリンの他に盗賊団《とうぞく》の住処もあるんだが、未発見なのでこの場では言わない。

現場で見つけて退治するというシナリオを考えている。

グイントは盗賊団に捕《つか》まっているので、領主自らが救出して信頼《しんらい》を得る作戦だ。

『緑の風』のように強いキャラクターではなかったので、セラビミアは手を出していないはず。もしヤツも取られていたら、その時は別の作戦を考えるまでだ。

「ありがとうございます！」

褒《ほ》めるとルートヴィヒが礼を言ったので、軽く頷《うなず》く。

私兵を一人一人見てから口を開いた。

「お前たちはジラール領を守るために戦う兵士だ。死ぬときは敵を殺してからだと心得よ。わかったな！」

「はい！」

全員見事にそろった良い返事だった。

俺に従順な私兵がいるのは、非常に気分がよい。

思わず口元が緩《ゆる》んでしまった。

「出発だ！　付いてこい！」

屋敷を出て俺だけが馬車に乗る。兵たちは歩きだ。

庭を突き進み鉄門を通り抜けて町に出る。

しばらくして町外れの下水道入り口に着いた。

日本はマンホールから入れたが、この町ではトンネルのような場所から入ることになる。

入り口に天幕を設置して、しばらく滞在《たいざい》ができるようにすると、ルートヴィヒを中心に私兵たちが侵入《しんにゅう》する準備を進める。

口と鼻を覆《おお》い隠《かく》す布を結びつけて、腰には魔石《ませき》で動くランタンをぶら下げた。さらには水袋と携帯《けいたい》食料、打撲《だぼく》に効く五級ポーションも持つと、俺に話しかけてくる。

「準備は終わりました。ジラール様、入りますか？」

「もちろんだ」

許可を出すと私兵が隊列を組む。先頭は名も知らない男で、俺と指揮官のルートヴィヒは列の中心にいる。前後から守られるような形になっていた。

ようやくサブクエに挑戦《ちょうせん》できるな。

戦闘能力の底上げと仲間集めを同時に達成して、贅沢《ぜいたく》な暮らしに向かって一歩前進しようじゃないか。


下水道の中は酷《ひど》い臭《にお》いがした。

布ごしにもかかわらずツンとした刺激臭《しげきしゅう》が鼻を攻撃して、涙が出そうになる。何も用意してなかったら即時《そくじ》撤退を選んでいただろう。

アデーレを連れてこなくて良かった。

下水の通路は中心に水が流れていて、左右に道がある。並んでは歩けないほどの幅《はば》しかないので、大きな武器は持てない。私兵はみんなショートソードを装備している。

狩人《かりうど》の息子だと言っていた男が先頭を歩き、周囲を警戒しながらも順調に進んでいると、急に立ち止まった。

左手を挙げて二本指だけを立てる。

これは事前に決めていたハンドサインだ。

敵がいると手を挙げて、指で数を伝えることになっている。

「俺が行く」

全員が、ぎょっとした顔で俺を見ていた。

貴族が下水道に入ること自体が異例だというのに、さらに戦うとは何事だ、迷惑なんだよ！　なんて思っているのかもしれない。

現場にしゃしゃり出てくるトップなんて邪魔《じゃま》でしかないのはわかるが、俺はどんなことをしてでも強くなる。泥臭《どろくさ》くても、セラビミアに対抗《たいこう》できる力を手に入れるのだ。

「どけ」

一言発しただけで私兵が、下水の川を飛び越えて反対側の道に移動した。

ヒュドラの双剣を鞘《さや》から抜きながら、ゆっくりと歩く。

「グギャギャ！」

ゴブリンの醜《みにく》い声が聞こえてきた。

薄暗《うすぐら》い明かりに照らされた姿は、ゲームで見たのと同じ姿だ。

暗闇《くらやみ》に適応するため目は白く濁《にご》っていて、視力はほとんどない。ゴブリン最大の特徴《とくちょう》である鷲鼻《わしばな》は、人間と変わらないサイズになっていて、嗅覚《きゅうかく》の機能が著しく低下している。

下水道に特化して進化したゴブリンという設定で、視覚や嗅覚が退化した代わりに聴覚《ちょうかく》が発達しているのだ。当然、足音から俺や私兵の存在には気づいているので、もう戦闘態勢に入っていた。

「武器は……なんだあれ？　棒なのか？」

暗くてわかりくいが、鉄製と思われる長めの棒を持っていた。槍というには作りは雑だが、先端《せんたん》は尖《とが》っていて貫通《かんつう》力はありそうである。

「ギャギャ」

手前にいるゴブリンが槍を突き出してきた。

最悪なことに茶色い汚物《おぶつ》が付いている。

「汚《きたね》え‼」

慌《あわ》ててバックステップで回避《かいひ》した。

思っていた以上に厳しい戦いになりそうだ。

当初予定したものとは別の緊張感によって、全身から汗が出る。

「ジラール様！　我々が戦い――」

「黙《だま》れ！」

ルートヴィヒが代わりに戦うと言いそうだったので、大声で拒否した。

ゴブリンは顔を歪《ゆが》めながら耳を押さえて、動きが止まる。

「俺はな、こいつを殺して強くなるんだよ」

魔物を倒《たお》せば倒すほど魔力《まりょく》を貯蔵する臓器が強化されて、ベースの身体能力や魔力強化の幅が上昇《じょうしょう》する。特に魔法《まほう》や遠距離《えんきょり》ではなく接近戦の方が効率は良い。

『悪徳貴族の生存戦略』内で語られていたことなので間違いないだろう。

俺もレッサー・アースドラゴンを倒してかなり強化されていると思うが、セラビミアには届いていない。もっと殺して、絶対に強くなってやるからな。

「わ、わかりました」

覚悟が伝わったようで、ルートヴィヒは黙った。

言葉の意味は伝わっていないだろうが、声色から俺の戦意が高まったと気づいたようで、ゴブリンは警戒していた。

「待たせたな」

間合いを詰めるために飛び出す。

突き出された鉄の棒は左手の剣で上に弾《はじ》き、右の剣でゴブリンの腕を突き刺す。ちっ、少し浅かったか。

後ろに飛んで距離《きょり》を取るのと同時に、俺が弾き飛ばした鉄の棒が振り下ろされた。

地面に当たり、ガンッと硬質《こうしつ》な音が鳴り響《ひび》く。

ゴブリンは鉄の棒を持ち上げると、もう一度振り下ろそうとして倒れた。

ヒュドラの毒が回ったのだ。強力で有名なだけあって、即効性《そっこうせい》がある。

「ギャギャ？」

急に仲間が倒れて驚《おどろ》いているもう一匹《いっぴき》のゴブリンに向けて、ヒュドラの双剣の片方を投擲《とうてき》した。

不意を突いたようで避けられることはなく、脳天に刺さると仰向《あおむ》けに倒れる。

暗所での戦いに慣れてなかったんだが、何とかなったようだ。実感はないが、これで魔力を貯蔵する臓器が強化されたはず。

「お見事でした」

拍手《はくしゅ》しながらルートヴィヒが近づく。

「俺はレッサー・アースドラゴンすら倒した男だぞ？　ゴブリンごときに負けるはずがない」

なんか三流っぽい発言をしてしまった。

前世の俺だったら絶対に言わないセリフなので、ジャックという存在に少し引きずられているのかもしれないな。

「もちろんです」

貴族の言葉はむやみに否定できないため、素直に返事をしてくれたが、心の中で「武器の性能が高いから勝てたんだろ」とか、思っているだろうな。

まあ事実、レッサー・アースドラゴンも武器のおかげで勝てたところもあって、俺も似たようなことは感じている。修行のために普通の武器に替《か》えて、実力を磨《みが》くべきなのかもしれない。

実力が追いつくまでは封印《ふういん》するべきかもと思いつつ、ゴブリンに刺さったヒュドラの双剣を手にすると、血を拭《ふ》き取ることにした。

「ゴブリンは他にもいる。先に行くぞ」

再び俺たちは下水道を歩き始めた。隊列は少し変わって、俺が先頭だ。数人の私兵が俺の前に出ようとしたが、俺がゴブリンを探して戦うとワガママを言って止めた。

このままグイントがいるであろう場所に、誘導《ゆうどう》する予定である。

数メートル先は真っ暗な通路を、羊皮紙に簡易地図を書き込みながら進んでいく。

ゲーム内のマップと同じ構造だと思っていたのだが、現実はもう少し複雑化していた。俺がゲーム制作者だったら、自分が至らなかった部分を指摘、修正されているように感じていたかもな。

魔物と遭遇《そうぐう》することはなく順調に進み、目的地はもうすぐというところで、目の前にゴブリンが一匹出現した。

警戒して歩いていたんだが先には気づけず、ハンドサインをする余裕もなく奇襲《きしゅう》を許してしまう。

後ろには兵がいるので距離は取れない。

ヒュドラの双剣をクロスさせて、ゴブリンが振り下ろした鉄の棒を受けとめる。

「敵だ！」

叫《さけ》ぶのと同時に大きく一歩前に出てから、ゴブリンの腹に向けて蹴りを放つ。アデーレと毎日のように鍛錬《たんれん》していた効果もあって、素の力でも容易に吹《ふ》き飛ばす威力《いりょく》があった。

鉄の棒を手放したゴブリンは、通路を転がって下水に落ちる。

そのまま溺死《できし》してくれればよかったんだが、願い叶《かな》わず立ち上がりやがった。

水深は浅いため、ゴブリンの腰までが下水につかっている状況《じょうきょう》だ。頭や肩には、汚物や何かの死骸が付着していて、見ているだけで病気になりそうである。

そりゃぁ、伝染病が蔓延《まんえん》するはずだよ！

『シャドウ・バインド』

水面に浮《う》かぶゴブリンの影が、上半身を絡《から》め取る。

「いまだ！　攻撃しろ！」

絶対に近寄りたくないので、ルートヴィヒたちに任せることにした。

急に命令を出されて戸惑《とまど》うかと思ったのだが、意外にも動きに迷いはない。左右に分かれた私兵は、ゴブリンに次々とショートソードを刺して殺した。

直接俺が手を下したわけではないが、魔力貯蔵の臓器は少し強化されただろう。

現当主が病に倒れるわけにはいかないんだし、今回はこれで良しとしておく。

「よくやった」

ヒュドラの双剣をしまって小さく拍手する。

汚物まみれのゴブリンを倒してくれたのだから、このぐらいは褒めてやろうじゃないか。

「止まっている標的を倒すなら、誰でもできますから」

薄暗くてわかりにくいが、褒められたルートヴィヒたちは照れくさそうにしている。

音を聞きつけてゴブリンが集まってくれればと期待したのだが、追加はなかった。

「行くぞ」

お互いにケガがないことだけを確認すると、死体を放置して出発する。

ゴブリンの形跡《けいせき》を調べていると見せかけつつ、複雑な通路を行ったり来たりして目的の場所に兵を誘導することにした。


目の前には壁《かべ》がある。

「行き止まりみたいですね。ジラール様、戻りましょう」

「待て」

後ろにいるルートヴィヒの提案を却下《きゃっか》した。

この先に盗賊の拠点《きょてん》があるのだ。帰るわけにはいかない。腰に付けていたランタンを手に取ると、しゃがんで壁を照らす。

「ここに怪《あや》しい出っ張りがあるぞ」

ゲーム内では盗賊団が時間をかけて作ったと説明していた、隠しドアを開くスイッチだ。

押してみると、壁の一部が動いて奥《おく》へ進めるようになる。

「ゴブリンが作れるとは思えない。人がやったのだろう」

「ジラール様……」

下水道に住むゴブリンを討伐するだけの仕事だと思っていたら、隠しドアを作る謎《なぞ》の集団を発見したんだ。困惑《こんわく》して当然だろう。

もしかしたら、引き返して人数を増やしてから突入《とつにゅう》しましょうなどと言ってくるかもしれないので、先に手を打っておくか。

「間抜《まぬ》けなヤツらじゃなければ、隠しドアを開いたと伝わったはずだ。逃《に》げられる前に正体を探るぞ」

ゲームだと隠しドアを開いても敵は気づかなかったので、このまま逃げ帰っても問題はないだろうけどな。

「わかりました。危険なのでジラール様は下がってもらえませんか？」

「いいだろう。慎重《しんちょう》に動けよ」

ここでワガママを言ってしまえば、ルートヴィヒが頼りないと言っているようなものだ。人を殺しても魔力貯蔵の臓器は強化されないので、お前たちを信用していると伝える意味でも、今回は素直に従った。

「アントン、気配を殺して先行しろ。俺たちは後をついていく」

「承知しました。行ってまいります」

下水道に入ったとき、先頭を歩いていた私兵が一人で奥に進んでいった。

あいつ、アントンって名前だったんだな。

トラップを気にして床や壁、天井を確認しながらゆっくりと進み、突き当たりに着く。左側に通路があるので壁に張り付いて覗《のぞ》き込み様子を見ると、拳《こぶし》を握ったまま右手を挙げた。

あれは安全を確認した合図である。

「行きましょう」

兵に囲まれながらルートヴィヒの後をついていく。

距離が近づくと、アントンは合流せず先に行った。

俺は突き当たりに着いたので、左側にある通路を覗き込む。

奥には錠前《じょうまえ》のついた木製のドアがあり、門番らしき男が喉《のど》から血を流して椅子《いす》に座りながら絶命していた。アントンがショートソードで突き殺したのだろう。怪しいヤツを生かす必要はないと、冷徹な判断をしたようである。

今は門番の体を漁っているので鍵《かぎ》を探しているみたいだ。

しばらく離れて待っていると、アントンが戻ってきた。

「身分を証明する物はありませんでしたが、鍵は手に入れました」

どうしますか？　と、言いたそうな目でルートヴィヒが俺を見た。

「人質にする必要はない。仲間がいたら全員殺せ」

俺が許可を出すと、私兵たちから殺意がぶわっと出た。

やる気は充分。

負ける要素はないだろう。

「突入はどうしましょうか？」

「ルートヴィヒに任せる」

といったら嬉《うれ》しそうな顔をしていた。

俺は別の用事があるので、数歩後ろに下がって様子を見ることにする。

「アントンはドアを開ける役だ。中が見えたら一斉《いっせい》に入るぞ」

「突入の先頭は私に任せて下さい」

アントンが活躍《かつやく》しているのを見てライバル心が刺激《しげき》されたのか、名も知らない私兵が名乗り出た。見た目からして十五歳ぐらいだろうか、若いな。

「いいだろう。死ぬなよ」

「もちろんです！」

選ばれて嬉しかったのだろう。若い兵は笑顔で返事すると、ドアのトラップを調べているアントンの所にまで行った。

「罠《わな》はない」

ルートヴィヒが行けと合図する。鍵で錠前を開けてからアントンがドアを蹴り破った。

若い兵が入っていく。すぐに後続の私兵もなだれ込んでいった。

「お前ら誰だ！」

「どうしてここが⁉」

「やっちまえ！」

部屋の奥から男の野太い声が聞こえたかと思うと、激しい戦闘音に変わる。

ルートヴィヒやアントンも戦いに参加しているので、この場には俺だけが残っていて、誰も見ていない状況だ。部屋を覗いてみると盗賊の数は五人、それに対して俺の兵は十人と数で上回っており、さらに戦闘も優位に進めている。最初に突入した若い兵は負傷しているが、何とか動けているようである。

俺が参戦しなくても勝てそうなので、別の目的のために動くとしよう。

「確かここにあるはずなんだが……」

隠し通路のど真ん中にまで戻ると、壁をペタペタと触って仕掛《しか》けを探す。実は奥の部屋は囮《おとり》で、盗賊団のボスは別の場所にいるのだ。

プレイヤーはわかりやすいエサに食いついて、盗賊を排除したと思い込み帰還《きかん》するが、本隊は別の場所にいて何も解決していませんでした！　サブクエ失敗！　残念！

みたいな、性格の悪い内容になっている。

初見でプレイしたときは、キーボードを叩《たた》き割るほどの怒りを感じたほどだ。

制作者は性格が破綻《はたん》したクソ野郎《やろう》だと確信した瞬間《しゅんかん》ではあったのだが、セラビミアを見る限り俺の考えは間違ってなかったな。

「お、あった」

天井付近の出っ張りを押してみると、壁がスライドして通路の入り口が出現した。

ここから先が本番だ。ランタン一つ分だけの明かりを頼りに一本道を歩くことにする。

ゲーム内だと分岐はなく、盗賊団のたまり場はすぐ近くにあった。どうやら現実も同じようで、すぐに通路の先から明かりが見えてきたぞ。

ランタンの明かりを消して闇《やみ》に潜《ひそ》む。

しゃがみながらゆっくりと進み、明かりが届かないギリギリの場所に到着《とうちゃく》すると、部屋の中を見る。

盗賊の数は十人、部屋の中心には紐《ひも》で縛《しば》られたグイントがいた。

蒼《あお》い髪《かみ》は肩に掛《か》かるほど長く、体の線は細めである。背も低くて百四十センチ台だろう。髭《ひげ》などの体毛は一切なく女性のように見えるが、アイツは男だ。

要は、男の娘《こ》ってヤツだな。

しかも不幸属性付き。

何かとエロいトラブルに巻き込まれることの多かったグイントは、一部のプレイヤーから熱狂《ねっきょう》的な支持を得ていた。

「ボス、コイツどうします？」

縛られたグイントの髪をつかんだ盗賊が、この場で一番ガタイの良い男に聞いた。

盗賊団のボスは斧《おの》使いという設定だったのだが、ここも変わっていないようである。壁にでかい斧が立てかけられていた。

ボスは髭が濃《こ》く、さらに胸がはだけたシャツを着ており、胸毛がアピールされて気持ち悪い。腕や指、足にも毛がびっしりと生えていて、グイントと同じ性別なのかと疑問に思ってしまう。

「女ならこの場で楽しめるんだが……男なんだよな？」

「へい。股《また》を触って確認したので、まちげえありませんぜ」

「チッ」

部下の回答に舌打ちをしたボスは、眉間《みけん》にシワを寄せながら斧を手に持った。

「お楽しみの時間が作れねぇなら、さっさと処分するぞ」

グイントが捕まっている理由は、女だと思って誘拐《ゆうかい》されたから。奴隷として売り飛ばそうとしたら実は男でしたという結果で、売り物にならないから処分される寸前という場面である。

「ボス！　ちょっと待ってくだせぇ！」

「なんだ？」

「コイツ、売り物にはなりませんが、綺麗《きれい》な顔をしているので、もったいねぇなぁと！」

現実でも不幸エロイベントが発生しそうだ。隙ができるまで様子を窺《うかが》う。

「ケツの穴でも十分楽しめるではねぇですか？」

「お前はなぁ……」

ボスは呆《あき》れた声を出すと床に座った。

他の盗賊たちは静かに見ているだけ。どうやら、みんなで楽しむつもりらしい。

「普通のプレイじゃ面白くない。嬲《なぶ》りながら遊べよ」

「へい！」

ボスからの許可をもらうと、グイントの髪を掴んでいた盗賊は縄を外し、馬乗りになった。

「ぼ、僕《ぼく》は男だぞ！」

「俺はそっちの方が楽しめるんでぇ!!」

涙声で叫んだグイントだが、盗賊を刺激しただけだ。逆効果になってしまい、楽しそうに笑いながら股間《こかん》が盛り上がる。

「いやーーーー!!」

必死に体を動かしたグイントの足が当たって、ズボンを脱《ぬ》ごうとしていた盗賊を吹き飛ばす。

拘束《こうそく》が緩んだので、立ち上がって逃げようとしたが、盗賊の仲間が二人動いて両足と両腕を押さえつけられてしまった。

服を破かれて、グイントの上半身が露《あら》わになる。

薄《うっす》らと筋肉は付いているが、どこか女性的な丸みがあって、本当に男なのか信じられん気持ちになってきたぞ。

「いい！　そそるぜぇ！」

そろそろ限界だな。

助けるとするか。

『シャドウ・ウォーク』

グイントの腕を摑んでいた盗賊の影に移動すると、背中からヒュドラの双剣を突き刺した。敵が驚いている隙に足を摑んでいる盗賊の額も突き刺して、下半身が露わになった汚《きたね》え男の両腕を斬《き》り飛ばす。数秒で三人を無効化した。

「うげぇぇ!!」

盗賊は痛みに耐《た》えられず倒れると、泡《あわ》を吹いて息が止まる。

ヒュドラの毒で死んだのだ。

これで敵の数は七人まで減ったが、順調に進められたのはここまで。俺の周りは残る盗賊たちによって完全に囲まれていた。

「誰だッ!!」

斧を持ったボスが怒鳴《どな》ったが、一秒を争う場面でそんな無駄なことをしてていいのか？

部下への指示や俺に攻撃するなど、もっと他に効果的な方法はあっただろうに。正体を明かす必要はないので、無視して魔法を使う。

『シャドウ・バインド』

盗賊たちの影が伸《の》びて、それぞれの体を拘束する。

盗賊ごときが抵抗《ていこう》できるはずもなく全員が拘束された。

ゲームの設定通りなら、こいつらは下水道を拠点にしている小規模な盗賊団で、他に仲間はいない。生きて捕《と》らえたところで、こいつらを管理する費用が増えるだけ。メリットは一切ないから、この場で処分しようと決める。

無言で次々と盗賊の首をはねていく。

「た、助けてくれッ！」

涙を流し、叫んで命乞《いのちご》いをしてくるが無視だ。

自分たちが犯した罪を後悔しながら死ねばいい。

「目的は金か？　俺たちは何も持ってねぇぞ！」

「うるさい。黙れ」

盗賊の声を聞き続けるつもりはないので、影を伸ばして口をふさいだ。まだモゴモゴと言っているが、さっきより静かになったので快適な空間になった。

四人の首を斬り飛ばして残りは三人というところまで進むと、怯《おび》えていたグイントは落ち着いたようで、俺に声をかけてきた。

「全員、殺すんですか？」

この世界の人たちは、ゲームのキャラクターではない。条件さえクリアすれば、ずっと従ってくれるわけではないので、相手の感情を見極める必要がある。

「…………」

無言でグイントの顔を見た。

俺がやっている行為《こうい》に嫌悪感《けんおかん》を覚えているのであれば、方針を変えようと思っていたのだが、そんな雰囲気《ふんいき》はなさそうだ。純粋《じゅんすい》な疑問だったのであれば、このまま進めても問題ないだろう。

「当然だ。生かす理由はない」

「憲兵に突き出せば……」

「領主が適切に判断してくれると言いたいのか？」

「……はい」

普通の盗賊ならともかく、下水道に隠し部屋を作っていたのだから、こいつらを捕まえたら俺の所にまで話が回ってくるだろう。追及する内容は、隠し部屋をどうやって作ったのか、といったところだ。

だが、俺はその答えを知っている。

『悪徳貴族の生存戦略』の設定では、過去にジラール領の当主が避難《ひなん》場所として作ったと書いてあったのだ。代々、領民から搾取《さくしゅ》することの多かったジラール家は反乱に怯えていたので、抜け道や隠し部屋を町中に作っている。

過去の遺産というヤツだった。

「それなら今、判断している。黙って見ていろ」

「え？」

理解が追いついていないグイントから視線を離して、盗賊の首をはねた。

あとは二人か。

先にボスの方を殺そうと前に立つ。殺意のこもった目をしていた。

「人から奪い続けてきたくせに、お前は奪われる立場になると怒るのか？」

煽《あお》ってみるとキレたようで、顔を真っ赤にしながら影の拘束を破壊《はかい》しようとしている。

俺の『シャドウ・バインド』の耐久力《たいきゅうりょく》を調べるには、ちょうど良い機会かもしれない。先に部下の首を斬り飛ばしてからもう一度ボスを見ると、影を引きちぎっていた。

自力で抜け出せる、か。拘束力《こうそくりょく》は弱いな。

「領主が自らの手で処分してやるんだ。感謝しながら死ねよ」

「なッ！　てめぇ、ジラール男爵《だんしゃく》――殺人鬼《さつじんき》かッ!!」

俺が領主と知って、怒りがさらに上がったようだ。

ジャックになってから、この手の罵詈雑言《ばりぞうごん》は何度も聞いてきた。いつの間にか慣れてしまったな。

「そうだ。何か文句があるのか？　ん？　クレームは一切受け付けないぞ」

また煽って反応を探ってみる。

「お前が、お前のせいで、俺たちはこんな所にいるんだぞッ!!」

「違《ちが》う。お前が判断して決めたことだ。俺に一切の責任はない」

「なッ⁉」

こいつの言いたいことは、あらかた予想できる。

父親がやった悪政のせいで、盗賊になったと思っているんだろう。気持ちはわかるが、それは眠《ねむ》り続けているオヤジに言うべきことであり、俺に不満をぶつけるのは見当違いというものだ。

「何を驚いているんだ？　お前にそんな余裕はないはずだろ？　待ってやってるんだから、さっさと、ご自慢《じまん》の斧で攻撃して来いよ」

嗤《わら》っていると盗賊団のボスが斧を拾い、攻撃してきた。

「仲間の仇《かたき》を討ってやる、死ね!!!!」

確か盗賊は、ゲームだとレベル８ぐらいの敵キャラだったな。俺がどの程度の実力を持っているのか調べるため、魔法や毒に頼らず戦うと決めた。

斧を右に避けてからヒュドラの双剣を振り下ろす。抵抗を感じることなく、骨ごとボスの左腕を両断してしまった。

「ぎゃぁぁあああ!!」

武器の性能が良すぎて、毒を封印しても余裕だったな……。俺の実力は計れなかったようだ。

「なんで、なんで貴族はすべてを奪う！」

切断面を押さえながらボスが叫んでいた。

その言葉は、罪を犯していない平民だけが言う資格を持っている。盗賊になって他者から奪い、犯罪に手を染めたお前には、ジラール家を責める資格はない。

「我が父が犯した罪は、私の代で償おう。だからお前も罪を償うんだ」

グイントを意識しながら心にもないことを言うと、ヒュドラの双剣を横に振るう。

ボスの首が宙に舞《ま》ってから、ボトッと地面に転がった。

「大丈夫だったか？」

貴族を襲《おそ》えば反逆罪として即死刑《そくしけい》。この世界の常識であるので、グイントは俺の対応を受け入れてくれるだろうと思っていたのだが……怯えた顔をしていた。

やば！　対応を間違ってしまったか⁉

「ぼ、僕も殺されちゃうんですか……」

どうやら盗賊の仲間だと勘違《かんちが》いして、処分されると思い込んでいるようだ。怯えた瞳《ひとみ》は嗜虐《しぎゃく》心を刺激する。腕で胸を隠そうとする仕草のせいで、女と勘違いしてしまいそうだった。

「被害者《ひがいしゃ》を殺すバカがどこにいる」

呆れた声を出しながらヒュドラの双剣を鞘にしまうと、敵意はないと証明するために軽く手を上げて近づく。

「俺はジャック・ジラール。ここの領主だ。下水道に盗賊団が入り込んだという話を聞いて調査に来ている」

「貴族様が一人で……？」

少なくとも常識知らずのバカではないようだ。

疑うことを知っている
「もちろん、兵は連れて来ているぞ。途中《とちゅう》ではぐれてしまったがな」

ずっと真顔だったが、ここで笑って見せた。

つられるようにしてグイントも笑顔を見せるが、少し頬《ほお》が引きつっている。演技は下手だが、好感は持てる。俺は素直な人が大好きだ。

「だが、迷子になるのも悪いことばかりじゃない。そのおかげで君を助けることができた」

座り込んでいるグイントに手を差し出す。

「外に出るまで君を守ろう。名前を聞いても？」

「え、あ、僕はグイントです」

「いい名前だ」

怯えているグイントを安心させるために、笑顔を維持《いじ》して待つ。

俺が何を求めているのかわからないほど愚鈍《ぐどん》な男ではないので、グイントの視線が俺の顔と手を行き来していたが、拒否する方が失礼にあたると思ったのだろう。最後は手を握ってくれた。

しっかりと握り返してから力を入れて引っ張ると、グイントは立ち上がる。

手を離すと恥ずかしそうにしながら、また胸を隠した。

これじゃ移動できそうにないので、殺したばかりの盗賊から上着を剝《は》ぎ取ると、グイントに投げる。

「地上に出るまでは、これを着ておけ」

嫌《いや》そうな顔をしたが、代わりになるような物はない。グイントは泣きそうになりながら血の付いた上着の袖《そで》に腕を通した。

斥候《せっこう》はたった一人で、危険な場所に足を踏《ふ》み入れるような職業だ。

強靭《きょうじん》な精神力を求められるのだが、目の前にいるグイントのメンタルは弱すぎる。ゲームであればプレイヤーが操作するので、魔物と強引に戦わせることもできるが、現実だと不可能だ。怯えたグイントが仲間を捨てて逃げ出しても、止めるのは難しいだろう。

本当に、こいつを仲間に引き込んでいいのか……？

「ありがとうございます。助かりました」

悩んでいる間に服を着たようで、グイントは俺の前に立っていた。

まぁ、本当に使える男なのかは後で調べればいいか。今は残ったゴブリンの始末を優先しよう。

「ジャック様！」

ルートヴィヒの声が聞こえた。

部屋にいた盗賊との戦いを終えて、俺がいないことに気づいたのだろう。

「こっちだ！」

返事をすると数人の足音が聞こえて、私兵が隠し部屋になだれ込んできた。

床に転がっている死体を見るとルートヴィヒは焦《あせ》ったような声を出す。

「こいつらは？」

「盗賊の仲間だ。隠し部屋がもう一つあったみたいだな」

「そんなことが！」

驚いているところ悪いが、グイントの能力を確認したいので、さっさと話を進めよう。

「被害者もいる。一旦《いったん》、出口まで戻るぞ」

俺の言葉を聞いた兵たちの視線が、グイントに集まる。

それが嫌だったのか、俺の背に隠れてしまった。

グイントの姿が痛々しく見えたのだろう、周囲の空気が重くなったように感じる。盗賊に乱暴された可哀想《かわいそう》な女性とでも思っているんだろうな。

「勘違いしていると思うから先に言っておく。コイツは男だぞ」

説明責任は果たした。俺の言葉を信じるかどうかは、こいつらに任せるとしよう。

＊＊＊

ルートヴィヒも盗賊を皆殺《みなごろ》しにしたようで、多少の戦利品を手に入れてから隠し通路を出た。

俺たちは外へ出るために下水道を歩いている。先頭はグイントだ。能力を確認するため、私兵の装備を渡《わた》して斥候の仕事をしてもらっていた。

当然、兵から文句は出たが、貴族権限で却下している。グイントが斥候なら得意だと言ったこともあって、最後は納得してくれたと思う。

「右に曲がりますね」

左右の分かれ道に着いてもグイントは迷わず進む。盗賊団が地図を持っていたらしく、少し見ただけで覚えたようなのだ。現在位置も正確に把握《はあく》しているようで、能力は高いと言えるだろう。

あとは魔物と遭遇したときの動きだな。

ゴブリンは残っているし、どこかで鉢合《はちあ》わせできないものか……と思っていたら、グイントが片手を上げて立ち止まった。タイミングが良いな。指は一本なので魔物が単体で出たようである。

先の様子を確認してから、グイントは俺たちの所に戻ってきた。

「大型のネズミがいました」

「サイズは？」

「子供ぐらいはあります」

俺のイメージする大型を上回っていた。

ゲーム内では疫病《えきびょう》の発生源はゴブリンだったが、語られなかっただけでネズミも媒介《ばいかい》していた可能性もある。地上に出たら厄介《やっかい》だし、ここで処分しておきたいな。

「グイント、倒せるか？」

「もちろんです。僕に任せてください」

救出したときとは別人だと思えるほど、力強く即答した。

仕事のスイッチが入ると性格が変わるタイプの人間か？

断られたら俺が戦おうと思っていたのだが、今回は出番がなさそうだな。

「よし、行ってこい」

俺の許可が出ると、盗賊から奪い取ったロングソードを持ったグイントは、大ネズミに向かって走り出した。

「てい！」

可愛らしい声を出しながら、グイントは剣を振り下ろす。魔力で身体能力を強化しているようで、目で追うのも難しいほどの速度だ。

「彼女……じゃなくて、彼は強いですね」

後ろにいるルートヴィヒが呟《つぶや》いた。

魔力を貯蔵する臓器は誰もが持っているが、性能に大きな差がある。ルートヴィヒは標準的だが、グイントは高性能なようだ。体の線が細いのに魔物と戦える秘密が、これか。

しかも速度に特化しているようで、威力はないが手数で戦うタイプらしい。俺やアデーレは全体的に強化されるので、特化型というのは初めてだ。

「使えそうだな」

「アデーレさんのように、客人として迎《むか》えるのですか？」

俺が何を狙っているのかわかったようで、ルートヴィヒは確信をもって質問をした。

細かいことを言わなくても意図が伝わるというのは、楽である。兵長に昇格《しょうかく》させて良かったな。

「そのつもりだ」

ルートヴィヒは納得すると、戦闘の観戦に集中する。

大ネズミは傷だらけになって血を流しているが、致命傷《ちめいしょう》は与えられてないようだ。力が足りないのだろう。戦いが長引いてグイントの息が上がっているようにも見えるな。体力の限界が近いようで、攻撃を中断して回避に専念しだした。

攻撃を必死に避けているが、壁際《かべぎわ》に追い詰められてしまう。大ネズミが、トドメを刺そうと口を開いた。

「たぁ!!」

高めな声を出すと、グイントは跳躍《ちょうやく》しながら縦に回転し、天井に足を付ける。ロングソードを前に出して、大ネズミの頭に向けて勢いよく落下した。

姿を見失った大ネズミは首を左右に振ってグイントを探している間に、脳天にロングソードが突き刺さる。

「ぎゃぎゃ!!」

頭蓋骨《ずがいこつ》を貫通して脳まで到達《とうたつ》しているぞ。落下の速度を使って非力という弱点を補ったのか。

さすがゲームに登場したネームドキャラだ。賢《かしこ》い戦い方ができると、褒めておこう。

お疲《つか》れさまと労《ねぎら》いに行こうとしたら、背後からゴブリンの声が聞こえた。

大ネズミとの戦闘音が聞こえて様子を見に来たのだろう。本当は俺が戦いたいところではあるが、今はグイントと二人で話したい。残念だがルートヴィヒに任せるか。

「俺はグイントを見てくる。お前たちはゴブリンだ」

「承知しました！」

音に敏感《びんかん》なゴブリンがいるというのに、嬉しそうにルートヴィヒが返事すると、部下を連れてゴブリンの方に向かって行った。

自由になった俺は、大ネズミを倒したグイントに声をかける。

「見事な戦いだったな」

「ありがとうございます」

弱々しい雰囲気に変わっていた。

頼りなく見えるのだが、仕事のスイッチが入れば果敢《かかん》に戦える男だというのはわかった。敵を油断させるのに使えそうなので、戦術の幅が広がったと喜ぶことにしよう。

後は、どうやってこちら側に引き込むかだな。

高圧的な態度に出れば、無理やり言うことを聞かせられるだろうが、グイントの能力を最大限に引き出すのは難しい。裏切る心配も残ってしまうので、俺のために働きたいと思わせる必要がある。

話しながら探っていくか。

「斥候としての動きも悪くない。誰に教わった?」

「師匠はいません。一人で勉強しました」

「実戦で?」

「貧乏《びんぼう》な僕にできることは、それしかありませんでしたから」

力なく笑っていた。

他者と比較《ひかく》する機会がなかったから、自信がないのか?

なんとなく扱《あつか》いがわかってきたぞ。

「それは、俺の責任でもあるな」

「え、え⁉　ジャック様は関係なくて――」

「いや、関係はある。両親が領民を苦しめていたのに、俺は気づかず見過ごしていたからだ。領地をまともに運営していたらグイントの家も裕福《ゆうふく》だったはず。そうすれば、君の未来も大きく変わっていたことだろう」

盗賊の時は関係ないと言ったが、今は俺にも責任があると言っている。矛盾《むじゅん》しているようだが、グイントは気づいていないようだ。

一瞬《いっしゅん》の間を置いてから、軽く頭を下げる。

己の非を認めて、謝ることにした。

「すまなかった」

「貴族様が、謝った……」

ジラール領で生まれ育ったグイントは横暴な貴族の姿しか見てこなかったので、衝撃《しょうげき》的な出来事だったはずだ。衝撃から立ち直る前に、追い打ちをかけるとしよう。

「そんな中、君は必死に戦い、生き残る力を付けたのだ。賞賛されることはあっても、非難されることはない」

驚いているグイントの両肩に手を置いて顔を近づける。

ヤツの頬が少し赤くなったような気もするが、暗いから見間違えているだけだろう。

「グイント、君は素晴らしい力を持っている」

「僕が、ですか？」

「そうだ。俺は才能の塊《かたまり》だと思っている」

自信がないのであれば、過剰《かじょう》だと思うほど褒めてやる。この方法でアデーレを仲間に引き込めたのだから、効果はあるだろう。俺だけはお前のことをわかっている、理解してやれる、そう思わせることで、依存《いぞん》させる作戦であった。

「でも僕は、すばしっこいだけですよ。ネズミを倒すのですら苦労する、非力な男です……」

「力があるヤツなんて、そこら中にいる。代わりなんていくらでもいるんだ」

俺が嘘《うそ》を言っていないと伝えるために、顔を近づけてグイントの目を見る。

顔を背けようとしたので、おでこを合わせて動きを止めた。

「だが、速度に特化した強化をできる者は少ない。グイント、君の代わりなんていないんだ。特別なんだよ」

「僕が……特別……？」

「グイントは他を知らないから気づいてないだけで、間違いなく特別な存在なんだよ」

「本当ですか？　信じられません」

この反応は想定内だ。褒めたからって、すぐに自信がついたら誰も苦労しない。

「もちろんだ。貴族として数多くの戦士を見てきた俺が保証しよう。また俺の言葉が真実だと証明するために、グイントに提案をする」

「何でしょう？」

期待と不安が入り交じったような声だ。

これなら引き込めるな。

「俺の家臣になってくれ。屋敷に個室を用意するし、報酬《ほうしゅう》も一般《いっぱん》兵より多めに出す。どうだ？」

「誘《さそ》ってもらえて凄《すご》く嬉しいです」

そうだろう、そうだろう。

普通は喜ぶ提案だよな！

ふはははは！　作戦は成功だ！

アデーレに続き、グイントも手に入ったなッ！

「けど……お断りします」

……え？　マジ？

想定外の言葉を告げられてグイントから離れると、俺はしばらく固まってしまった。

「なぜだ⁉」

ようやく口に出せたのは疑問の言葉だった。

今までの流れは完璧《かんぺき》だったのに！

拒否された理由が思い浮かばない！

「おじいちゃんを探しに行きたいんです」

「‼」

クソッ！　グイントの悩みイベントが発生したのか‼

前振りがなかったので、気づくのに遅《おく》れてしまった。

しかし少し、困ったな。数ある悩みの中から選ばれたのは、グイントの祖父を探すものだ。難易度はやや高めといったところである。最終的には魔物が徘徊《はいかい》している、第四村の森に入らなければいけない。

魔物が大量に出るので危険度は高く、準備不足で行ったら全滅する可能性もあるが、レッサー・アースドラゴンと戦うわけじゃないので、やりようはある。

「グイントの祖父がいなくなったのか……」

「昔から家を出ると数日帰ってこないことも多かったんですが、今回は一カ月ほど行方がわからないんです」

「それで探し回っていたと?」

「はい……」

色んなヤツに聞き込みをして、盗賊団に捕まってしまった。そう考えると、助けたときの状況にも一定の納得感はある。居場所を知っているから付いてこいとか言われたんだろうな。

「そういった事情があるなら、探すのを手伝ってやろう」

「え?」

「だがタダじゃないぞ。君の祖父が見つかったら、俺の部下になってもらう。そういった取引だ。どうする?」

一人で探すにしても限界はある。しかもただの平民なら、他の場所へ移動するにしても金はかかるし、手続きも必要だ。

だが領主の俺が力を貸すとなれば話は変わる。移動は楽になるうえに、人海戦術も使えるのだ。

今度こそ首を縦に振るだろう。

「なぜ取引をしてまで、僕を誘ってくれるんですか?」

「素晴らしい才能を持っているからだ。ここで埋《う》もれてしまうのはもったいない」

「才能、ですか……?」

自信がないせいか実感がないらしい。決断できないでいる。

「自分の価値をわかってないようだな。では、部下になる話は忘れていい。無償《むしょう》で探すのを協力してやる。それで、いいな?」

「え、でもそれじゃ」

「いいな?」

まだグダグダと言いそうだったので、弱めの殺気を乗せて言った。

「は、はい! お願いします!」

俺がキレそうになったと察したようで、反射的になのか提案を受け入れてくれたようだ。これで、グイントを仲間にする作戦を進められる。

話が終わると足音が近づいてきた。

振り返ると、ルートヴィヒが私兵を連れて戻ってくるところだった。

「ゴブリンは処分できたか?」

「はい。目撃《もくげき》されていた数の半数は倒せたかと」

まだ半分も残っているのか。グイントは無事に見つかったので、これ以上俺が同行する意味はない。

後は私兵たちにやらせよう。

「よくやった。後は任せる。俺は帰るからな」

身勝手なことを言っても許されるのが貴族だ。

ルートヴィヒたちには引き続き下水道を調査してもらい、俺はグイントに先導させて下水道から脱出《だっしゅつ》すると、屋敷へ戻ることにした。

幕間

デュラーク男爵《だんしゃく》の悪巧《わるだく》み

勇者がジラール領を狙《ねら》っているという話を、ベルモンド伯爵《はくしゃく》から聞いたのは半年前だ。

どうやら未開の地に、王家すら知らない財宝が眠《ねむ》っているという噂である。

デュラーク領を継《つ》いで当主になってから最大のチャンスだと直感した。

なんせ、お隣《となり》の領に埋蔵金《まいぞうきん》があるんだからな。

金さえあれば、貴族としてさらに成り上がることも可能である。

勇者やベルモンド伯爵よりも早く、手に入れたいと思うのは当然だ。

高い金を出してレッサー・アースドラゴンを手に入れたときは、絶対にジラール男爵を殺せると思ったが、意外なことに生き残りやがった。

事故としてジラール男爵には死んでもらい、領地の保護を名目に占領《せんりょう》する計画だったのだが。

ベルモンド伯爵や王家にすら根回しは済んでいたのに残念である。

破滅寸前だと思っていたが、意外に戦力は残っていたようだ。正面からの攻撃は危険だと判断した俺《おれ》は、貴族らしい方法を使ってジラール領を破滅させようと考えていた。

＊＊＊

今日は私兵の訓練を視察するため、兵舎を訪れていた。

俺のために用意された椅子《いす》に座り、日差しを浴びながら紅茶を飲み、目の前の模擬《もぎ》戦を眺《なが》めている。

戦っているのは五十人程度の私兵。その中に息子もいる。小さい頃《ころ》から剣術《けんじゅつ》を学ばせていたこともあって、私兵を圧倒するほどの実力だ。俺に仕えている騎士よりかは劣《おと》るが、田舎男爵領に攻め込むには充分な実力を持っているだろう。

「デュラーク男爵、面会の依頼が来ております」

俺の屋敷に仕えているメイド――メディアが声をかけてきた。

美しい女ではないが、物静かで従順だから側《そば》に置いている。

右の薬指に指輪をしているので恋人《こいびと》はいるみたいだから、結婚《けっこん》直前ぐらいに抱《だ》いてみるか。男の悔《くや》しがる顔を見るのは楽しいだろうな。

「相手は誰だ？」

「ヴェルザ商会のカイル様です」

ジラール領が抱《かか》えている商会、その代表の名前だ。

ヤツらには諜報《ちょうほう》活動をしてもらっていて、ジラール男爵の動向を報告してもらっている。また他にも、レッサー・アースドラゴンの捕獲《ほかく》やリザードマンとの交渉《こうしょう》なども担当してもらっていた。

金はかかるが、俺の代わりに動いてくれる有能な集団である。

「連れてこい」

「かしこまりました」

メディアが去ると、再び私兵の訓練を眺める。

俺が精鋭《せいえい》として金と時間をかけて鍛《きた》えているので、剣《けん》だけの実力なら王都でも通用するだろう強さだ。むろん、大規模魔法《まほう》の前には接近戦なんて無力ではあるが、そういった才能を持った人材は王都に行ってしまうので、俺の領地にも、そしてジラール領にもいないだろう。

模擬戦を終えて休憩《きゅうけい》に入った私兵たちの元に、武器が配られている。

すべて新品のようで喜んでいる。

「あれは、王都で人気の鍛冶師《かじし》に作らせた剣です。手に入れるのに苦労したんですよ？」

この声はカイルだ。

後ろを向くと、メディアのケツを触りながら立っていた。

指には宝石の付いた指輪を数個はめており、腹がでっぷりと出ている。また髪《かみ》は薄く、常に汗をかいていた。太っているから暑いんだろうな。

「予算内に収まっているだろうな？」

ジラール領への裏工作で多額の借金をしてしまった。無駄な金は使えないから、費用の確認は重要である。

「もちろんですとも」

「なら、問題はない。よくやった」

そろそろ本命の話をするか。

「ジラール男爵の動きは、どうだ？」

「あの男は訓練と政務、あとは下水道の整備をしているだけです。間抜《まぬ》けなことに我々が裏切っていることに気づいておりません」

領地を攻撃されていることに気づかず、目の前の問題にばかり対処している。父親に似てバカな男だ。周囲の動きに鈍感《どんかん》だから、攻められるんだよ。

貴族なんて横と縦のつながりが全てなのだから、外部との接触《せっしょく》を断っている時点で詰んでいるようなものだな。

「では、次の攻撃を仕掛《しか》けるぞ。また奴隷の首輪を使う」

魔物《まもの》を意のままに操る奴隷の首輪を使って、ジラール領を荒らす作戦は継続《けいぞく》している。既《すで》に使えそうな魔物は見つけているため後は実行するだけだ。

特殊《とくしゅ》な魔道具の使用許可も出しているので、前回のように負けることはないだろう。

「計画の実行はカイルたちに任せる」

「お任せください。ジラール男爵を仕留めてきましょう。その代わり――」

「わかっておる。約束は守ってやるから安心しろ」

ジラール男爵を売る見返りとして、ヴェルザ商会をお抱えにする契約をしているのだ。

取引先を手土産に寝返《ねがえ》るというのは商人として失格ではあるが、今は使えるので生かしている。

全てが終わりジラール領を手に入れたら、今回の裏工作がバレる前に処分する予定だ。裏切り者なんて信用できないからな。

当然の対応だろう。

「では、すぐにでも準備に取りかかりましょう」

「待て」

立ち去ろうと歩き出したので、呼び止めた。

カイルはたっぷりと溜《た》め込んだ脂肪《しぼう》を揺《ゆ》らしながら、俺を見る。

「同時に別の手も打つぞ」

前回はレッサー・アースドラゴンを使って、村を滅《ほろ》ぼすという計画だった。

魔物の種類は変わるとはいえ、同じやり方だけでは不安は残る。予算的にも今回で確実に終わらせたいため、別案も考えていた。

「どのような作戦でしょうか？」

「ジラール男爵は婚約者を探しているらしい。丁度、俺に仕えている騎士に婚期《こんき》を逃《のが》しそうな娘《むすめ》がいるから、斡旋《あっせん》してやろうと思っている」

俺が言いたいことがわかったのか、カイルはニヤッと下品な笑顔を浮《う》かべた。

汚《きたね》ぇ男だな。

話が終わったら口直しに、女でも抱くか。

「内側からも攻撃するんですね」

「うむ。俺の騎士は頭が固く嘘《うそ》が苦手だから、直前までは本当に婚約させるつもりで話を進める。タイミングを見て、裏切れと命令すればいい」

騎士のヨンは義理堅《ぎりがた》い性格をしていて、命の恩人である俺の言葉には逆らえない。

多少悩むだろうが、最後は絶対に俺の味方をする。

我が領地において最強の戦士でもあるため、ジラール男爵の首を必ず取ってくれるだろう。

「さすが、デュラーク男爵ですな」

手を軽く叩《たた》きながら、カイルが褒《ほ》めたので気分がよくなる。

「もしジラール男爵が別の女を婚約者にしようと動いたら、どうしますか？」

「ベルモンド伯爵の力を借りて圧力をかければ、向こうの方が折れるだろ」

ジラール男爵は寄親《よりおや》の圧力を跳ね返す力なんて持っていない。実際に婚約するかは別としても、ベルモンド伯爵の顔を立てるために、最低でも一度は直接会って面談するだろう。

ヨンが領内に入ってしまえば、こっちのものだ。

何かと理由を付けて長期滞在《たいざい》させてから、魔物の襲撃《しゅうげき》とタイミングを合わせて裏切らせれば良い。

婚約なんて口実でしかないので、ジラール男爵が他の女を選ぼうとしても計画に影響《えいきょう》はないのだ。

我ながら完璧《かんぺき》な作戦である。

「必要なのは騎士の方で、娘はジラール男爵と一緒に殺してもいい。どうするかは、カイルに任せよう」

仮に文句を言ってくるようであれば、騎士ごと殺せばよい。

大金さえ手に入れば、もっと良い騎士を雇えるからな。

騎士のヨンは小言が多いし、他の戦力が手に入れば捨てても問題はないだろう。

「かしこまりました。他の者と話し合ってから、婚約の話も進めたいと思います」

「まとまったら、結果だけは報告するように」

途中《とちゅう》経過はカイルに付けているメディアから聞けばよいので、俺が動かなくてもジラール領乗っ取り計画は進む。

ジラール男爵を生きたまま捕《と》らえることができたら、「金と権力とは、こういう使い方をするんだぞ」なんて自慢《じまん》するのも楽しそうだな。

きっと、俺のことを憎《にく》んでくれることだろうし、処刑される際の顔を見るのが楽しみだ。

体を清めてから下水道に残した死体を処分するため、冒険者ギルドへの依頼書をケヴィンに渡《わた》した。さらにグイントの祖父を捜索《そうさく》すると伝えたら、文句を言いたそうな顔をしていたが無視する。

すでに第四村には俺が雇った冒険者が派遣《はけん》されているので、そいつらに追加のミッションを与えればいいだけだ。もちろん報酬は余計にかかるが、ここは必要経費として割り切るしかないだろう。

何かを手に入れるためには失う覚悟も必要なのである。

重要なのは、くじけぬ強い心だ。

絶対に生き残って贅沢《ぜいたく》な暮らしをする。

それさえ見失わなければ前に進めるだろう。


捜索の結果を待っている間、グイントには屋敷に滞在《たいざい》してもらい、俺《おれ》は執務室《しつむしつ》で仕事をしていた。

「第四村からです」

ケヴィンが報告書を持ってきたので、手に取る。

グイントの祖父が見つかったのかと思ったら、第四村にて魔物《まもの》の被害《ひがい》が拡大していて、手に負えないとの報告だった。俺が派遣していた冒険者たちも、敵の数が多くて劣勢《れっせい》とも書かれている。大きな問題に発展していそうだ。

「兵を送るしかない、か……」

「それで収まるとは思えません。他領に救援《きゅうえん》を求めては？」

「できるはずないだろ」

貴族の貸しほど怖《こわ》いものはない。

寄親《よりおや》や王家に助力を願うのは、最終手段だ。

「では、派兵で決定だと？」

「ああ、それでいい。現場を確認したいから俺も行く」

ついでにグイントの祖父も探してやるか。

この状況じゃ早めに動いた方がいいだろうしな。

「かしこまりました。下水道の処理もそろそろ終わるので、ルートヴィヒに準備させます」

「調整は任せた。数日後には出発できるようにしてくれ」

「そのように伝えます。それで……」

もう話は終わったのかと思ったんだが、どうやら他にもあるらしい。

デスクの上に一枚の手紙が置かれた。

「婚約者の件です」

あの男勝りの女性か。

気が変わって、悪名高いジラール男爵《だんしゃく》は嫌《いや》だと、断りの連絡《れんらく》でも来たか？

封蠟《ふうろう》を破って中身を取り出す。

「……五日後に来るだと?」

しかも父親だけではなく、本人まで連れてくると書いてある!

第四村に行かなければならないのに面倒《めんどう》なことになってきたな。

「どうやら先方は、かなり急いでいるようですね」

急いでいるってレベルじゃないだろ。

常識ではあり得ないほどのスピードで進めようとしている。

「そういえば、こいつらってどこに住んでいるんだ?」

興味がなかったので、地雷《じらい》でなければいいやと雑に選んでしまったが、本来であれば先に知っておくべきことだった。仕えている家が知りたい。

「ジラール領の隣《となり》にある、デュラーク男爵領内の村を管理しているとのことです」

デュラーク男爵とは寄親が一緒なので敵対はしていない。ケヴィンが選別したので心配はしていなかったが、仮に婚約者になっても問題はなさそうで安心した。

「また今回の話については王家、寄親には連絡済みですので、婚約が成立しても問題になることはないかと」

さすがケヴィン、完璧《かんぺき》だな。

俺よりも婚約に向けて張り切っているようである。

「歓迎《かんげい》の準備をして……いや、いい。普通に出迎《でむか》えるか」

「よろしいので？」

「魔物退治に金を使って、さらに時間もないんだ。仕方ないだろ」

財政難についてはケヴィンも深く理解しているので、それ以上の追及はなかった。

「手紙を書く。少し待っていろ」

相手は騎士であるため、返事の手紙は俺が書くべきだろう。羊皮紙に、面会の日程を受け入れるといった内容を記載《きさい》してから封筒《ふうとう》に入れる。封蠟を押してからケヴィンに渡した。

「先方に返事を送ってまいります」

恭《うやうや》しく頭を下げたケヴィンは部屋から出ていった。

表面上は従順な家臣といった感じである。この状況がいつまで続くかわからんが、今は使い続けるしかないだろう。

一人になったので仕事を再開するためにペンを持つと、ドアがノックされたので入室の許可を出す。

今度はアデーレが執務室に入ってきた。メイド服姿で、バケツのような物と布を持っている。

「部屋をお掃除《そうじ》してもよろしいでしょうか？」

「もちろんだ」

許可を出すとバケツを床に置いてから、壁《かべ》にある本棚《ほんだな》を拭《ふ》き始めた。

仕事する姿を眺《なが》めながら口を開く。

「俺が留守中、何か動きはあったか？」

「ありませんでした」

主にルミエを監視してもらっていたのだが、裏切りそうな兆候はなかったようだ。婚約者候補がくることもあって少し心配していたのだが、今の状態なら大丈夫か。

「よくやった。引き続き監視を頼んだぞ」

「もちろんです！」

褒《ほ》められて嬉《うれ》しかったのか笑顔で返事すると、なぜか本棚から離れて俺のデスクまできた。

「ここの掃除は、俺の仕事が終わってからにしてくれ」

尻尾《しっぽ》をゆさゆさと揺《ゆ》らしながら俺の言葉を無視して、アデーレは首筋に鼻をつけた。

匂《にお》いチェックかよ。

これで機嫌《きげん》が取れるのであれば安いものだと思うことにして、拒否せず好きにさせる。

時間をかけて胸や腹、下半身までチェックされてから、ようやく離れてくれた。

「どうだった？」

もう仕事をする気にはならない。

初めて感想を聞いてみた。

匂いで、どのぐらいわかるもんなんだろう。

「グイントさんは女性だと思っていたんですが、ジャック様からは男の匂いしかありませんでした。もしかして、あの人は男性ですか？」

「あ、ああ。そうだ」

下水道から出て風呂も入り、服も着替《きが》えたんだが……。

獣人《じゅうじん》の嗅覚《きゅうかく》は俺が想像していた以上に強く、色んな情報が手に入るようだな。

今は機嫌良さそうに抱《だ》き付いてきているが、もし俺が見知らぬ女性と密会していたら、アデーレがどんな反応をするかわからない怖さがある。たまにジャックの体に引っ張られて、女に手を出したくなるが、死ぬ気で我慢《がまん》しないとな。後が怖い。

「そうだったんですね。ルミエさんも勘違《かんちが》いしているようだったんですが、伝えちゃってもいいですか？」

「もちろんだ。事故が起こっても困るからな」

勘違いしたままだと大きなトラブルが出てしまうだろうから、正しい性別の周知は必要である。

「わかりました！　言っておきますね」

抱き付くのを中断すると、アデーレが俺の膝《ひざ》に座った。

向かい合う形になっていて、外から見ると恋人《こいびと》のように見えるだろう。首に腕を回されると、アデーレの頭が俺の顔に近づく。爽《さわ》やかな匂い、胸の柔《やわ》らかさが伝わってくる。ドクドクと動く心臓や体の熱まで感じられるほど密着していて、さすがにこれは止《や》めさせた方が良いんじゃないかと思うようになった。

アデーレの体を掴んで引き離そうとする。

「ダメです。も少し、このままでいさせてください」

なんと拒絶《きょぜつ》されてしまった！

従順だと思っていたので驚《おどろ》きである。

「どうしてだ？」

とっさに聞いてしまう。

「……言わないとダメですか？」

「俺はアデーレのことが知りたいんだ。教えてほしい」

恋愛的な好意があると勘違いしてもらうために発言した。

狙《ねら》い通りの効果を発揮してくれたようだ。顔が赤くなって、照れている。もじもじと体を動かしていて、落ち着きがない。

「ジャック様がそこまで言うのでしたら……」

膝の上に座ったままなのは変わらないが、体が離れてお互い顔が見える状態になる。何度か口を小さく動かしていたが、ようやく覚悟が決まったみたいだ。

「婚約者ができちゃうんですよね。結婚《けっこん》されたら会えなくなるんじゃないかと思って、寂《さび》しいんです……」

なんと、そんな悩みを抱《かか》えていたのか！

たしかに結婚してしまえば今みたいに密着することはできないだろう。匂いチェックだって頻繁《ひんぱん》にはできない。絶対に今より距離《きょり》はできてしまうので、そういったことを嫌がっていたんだな。結婚しても即《そく》別居を考えていた俺には気づけなかった。

「アデーレの悩みはわかった」

言いながら優しく髪《かみ》を撫《な》でる。嫌がる素振《そぶ》りは見せず、犬耳が垂れて気持ちよさそうに目を閉じた。

幸せそうな顔をしているな。俺にはもったいないほど、できた師匠兼護衛《ししょうけん》である。

「仮に結婚したとしても、俺たちの関係は何もかわらない。文句を言ってきてもすべて却下《きゃっか》してやる。だから安心してついてこい」

「いいんですか？」

「当然だ。俺は好きなように生きる。結婚ぐらいで、信念を変えるもんか」

不安そうだったので言い切ったら、アデーレが目をまんまるに広げてから、また抱き付いてきた。泣いているのか、俺の服が濡《ぬ》れたように感じる。

アデーレが言ってくれなかったら危なかったな。

今回の話がなければ、ストレスを溜《た》めすぎて結婚相手を攻撃していた可能性がある。いや、その前に俺の前から立ち去っていたか？

どちらにしろ破滅とまではいかないが、重要な師匠兼護衛がいなくなる未来はありえたのだ。

未然に防げて良かった。

背中をさすりながらそんなことを考えていた。

＊＊＊

今日は婚約者候補が来る日だ。

アデーレと剣術《けんじゅつ》の訓練をしていると、ルミエが中庭にやってきた。

「ヨン卿がいらっしゃいました」

婚約者候補として選んだ騎士家の名前だ。

確か正式名称《めいしょう》は、ヨン・フロワだったはず。

娘の名前は貴族でも何でもないので、ただのユリアンヌになる。

「応接室に案内しておけ。俺は汗を流してから行く」

「よろしいので？」

爵位《しゃくい》は俺の方が上だが、婚約者になるかもしれない相手だ。

待たせてしまい、悪印象を与《あた》えてしまうと懸念《けねん》しているのだろう。

「別に構わん。ヨン卿が怒るようであれば、それまでの相手だということだ」

まだ何かを言いたそうだったルミエに木剣《ぼっけん》を投げ渡すと、屋敷に戻り風呂で汗を流し、石けんで汚《よご》れを落としていく。日本とは違《ちが》って性能は落ちるが、体を清潔に保てるので毎日入るようにしている。

汚れが落ちてスッキリしたので、脱衣所《だつい》に置いてあるタオルで体を拭いて、服を着ていく。今回は相手が騎士なので、紫《むらさき》がかった黒いジャケットと白いシャツという組み合わせだ。胸にはジャックの紋章《もんしょう》を彫《ほ》ったバッジを付けて準備完了《かんりょう》である。

大物貴族なら侍女《じじょ》にやらせるのかもしれないが、ジラール家は貧乏《びんぼう》なので自分でやることになっているのだ。まぁ、金があっても裸《はだか》という無防備な状態を他人には晒《さら》したくないので、一人でやるだろうな。

通路に出るとルミエが立っていた。

「ご案内いたします」

「任せた」

返事の代わりに頭を下げてからルミエは歩き出した。

後を追って客間の前に立つと、ドアをノックする。

「ジラール男爵が到着《とうちゃく》されました」

ドアが開くと、中にはメイド服に着替えたアデーレがいた。今は頼れる護衛として控《ひか》えているので、スカートの中には大ぶりのナイフが仕込《しこ》まれていることだろう。

部屋の中に入ると、男女の二人がソファから立ち上がった。

男性の年齢《ねんれい》は四十前後に見える。こいつがヨン・フロワだな。

騎士としては全盛期を過ぎているが、体は鍛《きた》えているようで、体格はしっかりしている。きっと数々の魔物を屠《ほふ》って、魔力貯蔵の臓器を鍛え上げてきたことだろう。

短い銀髪《ぎんぱつ》で清潔感があり顔は整っているので、女性に困ったことはなさそうだ。

「お待たせした」

ヨンの前に立つと、手を差し出されたので握手《あくしゅ》する。

「いえいえ、素敵な紅茶を堪能《たんのう》させていただきましたよ」

「我が領地が唯一誇《ほこ》れる紅茶の味は、どうでしたかね？」

「甘みがあって疲《つか》れた体に染み渡りました。疲労《ひろう》回復の効果があるのでは？」

「そんな特別な効果があれば特産物として売り出せますよ」

同時に、お互いが笑い声を上げた。

別に面白かったわけではなく、挨拶《あいさつ》前の会話が終わったという合図ぐらいの意味しかない。手を離すとヨンが口を開く。

「私はデュラーク男爵に仕えている騎士、フロワと申します。娘を婚約者候補として選んでいただき、感謝しております」

「ジャック・ジラールだ。こちらこそ、よろしく頼むよ」

短い挨拶を終えると、ヨンは隣にいる赤いドレスを着た女性の方を向いた。俺も視線を移して、ようやく婚約者になるかもしれないユリアンヌの顔をしっかり見る。

娘のユリアンヌはショートボブっぽい髪型《かみがた》で、父親と同じ銀髪をして、事前の情報にあったとおり、右側の首筋から胸の谷間にかけて、縦長の斬《き》り傷があった。意外と目立つなと感じる。

「娘のユリアンヌです。私に似て剣術が得意で、そこら辺の魔物には負けない腕前を持っております」

貴族の嫁《よめ》としては、欠点になることを自慢《じまん》げに話している。どうやら父親は戦える娘が誇らしいようだ。

「では、その傷は戦いの中で？」

反応を確かめたかったので、少々不躾《ぶしつけ》ではあるが直接聞いてみた。

「オーガを討伐《とうばつ》した際に負った、名誉《めいよ》の傷でございます」

傷を指摘《してき》したことに無礼だと怒ることはなく、恥ずかしがることもないか。

隠《かく》すべき傷を誇るだなんて、貴族の常識に囚《とら》われていないようにも感じる。不覚にも少しだけ、人としての好感を持ってしまった。

「なるほど。自慢の娘だというのはわかった」

相手のことは少しわかってきたが慎重《しんちょう》に動きたい。

少し様子を見るか。

「二人とも座ってくれ」

俺たちは向かい合うようにソファへ座ると、ルミエが新しい紅茶を淹《い》れてくれた。

一口飲んでから会話を再開する。

「遠方から来ていただき感謝している。二人に会えてうれしく思う」

ヨンはニコニコと笑っているだけで表情は読めない。ユリアンヌはじーっと俺のことを見ているだけだ。やりにくいな。

「来訪の目的は、婚約の話について、で相違《そうい》ないな?」

目的は手紙に書いてあったので既《すで》に知っているが、本人の口から聞きたかったのであえて質問した。

「その通りでございます。私の一人娘《ひとりむすめ》、ユリアンヌとご婚約していただけないか、相談にまいりました」

「本当に私との婚約を望んでいるのか?」

ヨンの許可が取れなければ、俺に似顔絵を送ることはできないので、目の前にいる男が婚約を望んでいるのは明白だ。この言葉はユリアンヌに向けたものである。

表情は……読めんな。

絶対に嫌だというわけではないが、喜んでいるようにも見えない。普通の政略結婚にありそうな反応だと思えた。

「もちろんでございます。十八歳《さい》にもなって婚約者すらいない娘です。ジラール男爵に選んでいただけるのでしたら、これ以上の喜びはございません」

俺の方が爵位は上だし、ユリアンヌは十八歳になっていて、この世界では結婚適齢期《てきれいき》を過ぎているので、下手に出るのはわかる。

だが、少々やり過ぎな気もした。先ほど体の傷は名誉と言っていたので、引け目を感じているということもないはず。何を気にしている。

「ヨン卿の言いたいことはわかった。ユリアンヌ嬢《じょう》はどうだ?」

オヤジの方に聞いても本音は言わないように感じたので、娘の方に話題を振ってみた。

黙《だま》ったままで反応はすぐに返ってこない。

しばらく待っていると、ヨンの方がしびれを切らしたようだ。

「ユリアンヌ」

俺と話しているときとは違って、ヨンは威厳《いげん》のある声を出した。騎士らしく力強い。そこまでされてようやく、ユリアンヌの口が動いた。

「私は……」

何を言うつもりだ。

少し緊張しながら言葉を待つ。

「やりたいことを認めない男性とは、死んでも結婚したくはありません」

日本人の感覚が残っている俺からすれば、ユリアンヌの言いたいことはわかる。

だがここは『悪徳貴族の生存戦略』をベースに作られたと思われる世界であり、男女平等とは異なる価値観が常識となっている。父親であるヨンの意向を無視するなんて、当然、許されるわけがない。

「お前は！　まだ、そんなことを言っているのかッ‼」

顔を真っ赤にして怒ったヨンは、立ち上がるとユリアンヌを叱《しか》った。

「十八になったら諦《あきら》めると、約束しただろッ！」

「お父様、いくつになろうが、この条件だけは譲《ゆず》れません」

「お前ッ‼」

俺やルミエたちがいる場で、娘が父に反抗《はんこう》した。

これは侮辱《ぶじょく》されたと感じても不思議ではない。ヨンが拳《こぶし》を振り上げて、この場で教育的指導をしようと動く。

「この場で暴力を振るうので？　ジラール男爵が見ておりますよ」

「くッ……！」

婚約者になるかもしれない相手の目の前で、娘を傷つけるわけにはいかない。ただでさえ体に大きな傷があるんだしな。

納得はしてないようだが、ヨンは拳を下げた。

揺さぶったおかげで二人の関係が見えてきたので、さらに深く突《つ》っ込《こ》んでみるか。

「ユリアンヌ嬢、君がやりたいこととは何だ？」

「戦士、そして将来的には騎士として、戦うことです」

ヨンは手を顔の上に置いて、天井を見た。

こいつ、ついに言っちまった。

そんな反応だろう。

貴族に嫁がせようとしている女が、騎士のまねごとをしたいと。そりゃぁ、体の傷以上の大きな問題だ。家に入って内側から旦那《だんな》を支え、子供を産むのが仕事だというのに、正反対のことをしたいと言ってるんだからな。何度、見合いをしても断られていたはずだ。

だが俺にとっては、好都合である。

戦いに明け暮れたいという女は、面倒くさくなくて良い。一緒にいるつもりはないので、別居するついでに外で働いてもらおう。お互いに無関心でいられるだろう。

別に魔物との戦いで死んでくれてもかまわんぞ。

「俺は妻になる女性に対して何も求めていない。魔物討伐に精を出していても気にしないだろう。田舎男爵をパーティーに誘《さそ》うような奇特《きとく》なヤツもいないだろうし、一緒にいる必要すらない。婚約者が好き勝手動いても文句は言わん」

結婚するかどうかは別としても、ケヴィンをはじめとした家臣を黙らせるには、ユリアンヌを婚約者にするというのは案外悪くないのかもしれないと思い始めている。後は向こうが我が領地の現実を受け入れられるか、どうかだな。

「だが、喜ぶのは早いぞ」

ユリアンヌより父親のヨンが嬉しそうにしていたので、ちゃんと釘《くぎ》を刺すことにする。

「我が領地の経営は苦しい。正直、フロワ家の方が裕福《ゆうふく》な生活はできるかもしれん。貴族らしい生活を望んでいるのであれば、今すぐに帰った方がいいぞ」

もしユリアンヌが俺の金を無駄に浪費《ろうひ》するようであれば、両親のように黙らせることはしないにせよ、実家に送り返すことぐらいはする。

そうなったら女性としての名誉は地に落ちたようなもので、仮に俺と離婚《りこん》しても次は見つからないだろう。できたとして、介護《かいご》目的のジジィと無理やりに結婚させられるぐらいか。

「もちろん、フロワ家に援助《えんじょ》もできん。金か兵力を期待して結婚したいのであれば、別の相手に声をかけるんだな」

わがままなことを言っているな、という自覚はある。家同士の結婚になるので、助け合う場面というのはどうしても出てくるからな。

相手が怒りだしても不思議ではないと思っているのだが、ユリアンヌは笑っていた。

「騎士らしい活動を認めてもらえるのであれば、それ以外はなにも求めません。もし実家が援助を求めてきたら、縁《えん》を切ります」

家との縁を切ってしまえばユリアンヌは俺しか頼る相手はいなくなる。仮に離婚したら帰る場所はなくなり、路頭に迷うだろう。そこまでの覚悟をしたうえでの発言だった。

「と言っているが、ヨン卿はどう考えている？」

この世界では家長の意見がすべてだ。

個人の考えを尊重しましょうといった考えはなく、誰もが家に縛《しば》られている。それを不自由ととらえるか、それとも守られて安心と考えるかは、その人次第だろうな。

「ユリアンヌが嫁いだ先に迷惑をかけるつもりはありません」

言質は取れた。これでユリアンヌと結婚したとしても、俺の金が奪《うば》われることはないだろう。フロワ家が危機に陥《おちい》っても助ける必要もない。なんとも都合の良い結果になったものだ。

「わかった。俺の条件は以上だ」

ユリアンヌを貴族の一員にできれば、他は何もいりませんといった考えは、ポイントが高い。他の婚約者候補と会う必要もないと思えるぐらいだ。恋愛、結婚といった幻想《げんそう》に時間や金を使いたくないので、この場で決めても良い。

最悪、婚約なら解消できるしな。

「では、婚約していただけるので？」

「いいだろう。これから婚約についての契約書を作る。少し待っていてくれ」

この世界において、婚約や結婚には契約書が必要だ。同じ内容のものを三枚作り、両家と王家が保管する仕組みになっている。

ここで王家が絡《から》んでくるのには理由があって、一方的に裏切るような行為《こうい》をしたら国が制裁するぞという、けん制に使えるのだ。相手がゲームキャラではなく人だからこそ、契約という保険が必要なのだろう。

「ルミエ、ケヴィンに先ほどの話を伝えてこい」

「かしこまりました」

既に契約書は作りかけていて、俺の要望は書かれている。後はフロワ家の内容を記載するだけなので、すぐに終わるだろう。

ルミエが部屋を出て暇《ひま》になったので外を見る。契約をしてから屋敷を出ても、暗くなる前に第四村に着くか？　早くグイントの祖父を見つけなければならん。

「契約が終わったら、私はすぐに出かける。悪いが見送りはできん」

「何かあったので？」

当然、聞いてくるよな。隠すことではないので教えてやるか。

「我が領地には四つの村がある。そのうちの一つが魔物の襲撃《しゅうげき》にあっているんだよ。これから兵と共に退治する予定だ」

「ジラール男爵も参加されるのですか？」

聞いてきたのは、目をキラキラと輝《かがや》かせているユリアンヌだ。

「その通りだ。俺の領地は俺の手で守る」

「素晴らしい考えです！」

婚約の話をしていた時は義務で来ていますという顔をしていたが、今は違う。生き生きとしている。

俺が思っていた以上に、騎士の役目である戦いが好きなようだ。

「せっかく婚約者になるのです。私も参加させてもらえませんか?」

話の流れから予想はできた。

即答はせずにヨンを見る。無言で、お前の意見を聞かせろと伝えたのだ。

「よろしければユリアンヌを連れて行ってもらえないでしょうか。邪魔《じゃま》にならない程度には鍛えております」

「その場所が死地だとしても、同じことが言えるか?」

「もちろんでございます」

即答か。

年は取っているが現役の騎士が言っているのだから、そこそこ戦えるだろう。婚約者の性格は知っておきたいし、第四村の状況を考えると少しでも戦力は欲しい。

別に死んでも問題はないので、許可しても良いか。

「わかった。そこまでヨン卿が言うのであれば、同行を許可しよう」

「わがままを聞いていただき感謝いたします」

「ただし、俺の命令には従えよ」

「もちろんです」

いい返事だな。

裏切りは許さないから、約束は絶対に守れよ。

しばらくして、ルミエが戻ってきた。

続いて入室したケヴィンが契約書を持ってきたので、事前に俺が書いていた条件に加えて、フロワ家の要望を追加していく。

結婚《けっこん》後も一人の戦士として魔物や悪人との戦いを認める、といった内容だ。

本当は騎士というワードを使った方が良かったのかもしれないが、ユリアンヌは騎士の身分ではないので、使えない。貴族階級だと身分を詐称《さしょう》したら重罪になってしまうので、ここは我慢してもらう。

「この内容でよければサインをしてくれ」

契約内容が記載された羊皮紙を、ヨンに渡した。

一文字も見落とさないようにじっくりと見ている。気が済むまで確認しているといい。

「私は、第四村に行く準備をしてもよろしいでしょうか?」

自分の婚約に関わる契約書だというのに、ユリアンヌは戦いのことが気になってしかたがないようだ。恋愛は人を容易におかしくし、裏切りに走らせるので、戦いにしか興味がない状態は好ましい。

残念なことに我が領地は争いが絶えないので、警戒を少し緩めて自由に動いてもらった方が、利益は大きくなるかもな。もちろん、完全に信じることなんてできないから、ユリアンヌに貸し出す俺の私兵で監視するべきだろう。

「許可する」

ずっと面白くなさそうにしていたユリアンヌの表情が、一瞬《いっしゅん》にして明るい笑顔に変わった。アデーレの笑顔を愛らしいと表現するのであれば、ユリアンヌは太陽のように周囲を照らす、力強さがある。戦場において、兵を鼓舞《こぶ》するのに使えそうだな。

「ユリアンヌは、この土地に不慣れだろう。第四村に詳しい兵を二人付ける。手足だと思って自由に使っていいぞ」

こう言っておけば監視役だとは思わないだろうし、拒否されないはずだ。

「よろしいのでしょうか？」

「仮にも婚約者だ。多少の配慮《はいりょ》ぐらいはする」

断られても面倒なので返事なんか聞かず、ルミエに話かける。

「聞いての通りだ。ルートヴィヒに兵を二人選ばせろ」

「かしこまりました」

ルミエが部屋を出ていったので、もうユリアンヌでは止められない。後で定時報告をさせるように指示しておけば、監視役として機能するだろう。

「お気づかい感謝します。それでは、部屋に置いた装備を取ってまいりますね」

戦うなとは言ってないので、不満そうではない。

ユリアンヌはソファから立ち上がるとドアに向かって歩く。

「アデーレ、案内してやれ」

好き勝手動かれたくないので一人にはさせない。俺の意図が伝わったようで、アデーレは小さく頷《うなず》いてからドアを開けて、ユリアンヌと一緒に出ていった。

同性だからトイレまでついて行ける。勝手に俺の屋敷を調べるような隙はないはず。

できることはすべてやったので静かに待っていると、ヨンが羊皮紙から顔を離して俺を見た。

「一つ、質問してもよろしいでしょうか」

「何だ？」

「不貞《ふてい》が発覚した場合、即時《そくじ》婚約を解消して賠償金《ばいしょうきん》を請求《せいきゅう》すると書かれておりますが、不貞とは具体的にどのような行為でしょうか？」

一般《いっぱん》的には、家族以外の男と二人っきりで会ったら不貞と判断される。

家に入って夫をサポートするような女性なら、絶対に発生せず問題にならない条件となるが、ユリアンヌの場合は戦いに出るから男と二人になる場面も多い。確認しておかないと、俺が金目的で罠《わな》にはめるとでも思ったのだろう。ジラール家の評判は悪いので、そういった心配をするのは理解できる。

「他の男と寝《ね》たら、だな。密会ぐらいでは不貞と言わん」

ユリアンヌとは別居する予定だし、浮気《うわき》してもいいのだが、子供ができるのだけは避けなければならない。婚約者すらまともに管理できない無能として評価されてしまい、周囲の貴族から馬鹿にされてしまうからな。

浮気ぐらいの悪評であれば耐《た》えられるが、間男の子供を身ごもったとなれば、ジラール家として取り返しのつかない傷になる。これだけは避けたかった。

「それでは先ほどのお言葉を、契約書にも記載していただけないでしょうか」

「わかった」

俺にとっては許容できる範囲だ。契約書を受け取ると不貞の定義について備考に追記した。ついでに、サインも入れておく。

「他に気になることは？」

「ございません」

「では、ヨン卿もサインを」

羊皮紙をテーブルに置いてから、ヨンにペンを渡す。インクを付けて羊皮紙につけようとして、止まった。

「どうした？」

お互いに納得のいく契約になっているはずだ。

躊躇《ちゅうちょ》する理由が思い浮《う》かばん。

「ジャック様は、ユリアンヌのことをどう思いましたか？」

顔を上げて俺を見るヨンは、娘の幸せを願う父親の顔をしていた。

話がまとまる直前で、悪徳貴族で有名なジラール家との婚約が不安になったんだろう。

父親か。

前世では結婚をして子供まで作ったが、父親らしいことは何もできなかったので、ヨンの気持ちがわかるとは思わない。だが、娘の幸せを願うという感情をバカにしてはいけないことぐらい、理解している。ここでユリアンヌを下に見るような発言をしてしまえば、裏切りフラグが立つかもしれん。恐怖《きょうふ》は忘れても、侮辱されたことは死ぬまで覚えているものだからな。

「たくましい女性だな。魔物の被害で苦労している田舎の領主としては、好ましい。できれば二人で、領地を繁栄《はんえい》させて行ければと思っている」

どうやら俺の回答は正解だったようで、ヨンの顔が和らいだ。

「ありがとうございます」

短くお礼を言うと、ペンを動かしてフロワ家のサインが書き込まれた。

これによって婚約は成立したことになる。ようやく、貴族の面倒な義務が片付いたな。

＊＊＊

私――ユリアンヌは、飾《かざ》り気のない廊下を歩いている。前には獣人のメイドがいて、部屋まで案内してくれるみたい。

足運びや重心の移動からして、武術を学んでいることがわかった。ジラール男爵の護衛も兼《か》ねているのかな。もしかしたら愛人なのかもしれないけど、私には関係ないかな。

「はぁ……」

望まない婚約が決まったので、ため息を吐《つ》いてしまった。

父様の影響《えいきょう》もあって、小さい頃《ころ》から理想の旦那様は、私と一緒に敵と戦ってくれる男性だった。

剣《けん》ダコのある、ごつごつとした手を触るだけで幸せになるほどなんだけど、ジラール男爵は……どうだろう？　正直、私はあまり期待していないかな。戦えるとはいっても騎士ほどではないだろうし、一緒に魔物と戦い、助け合う未来なんて想像できない。

やっぱり本当は婚約なんてしたくなかった……と、これ以上の文句を言ったら家族に迷惑をかけてしまう。

せっかく、父様が見つけてくれた相手なのだから、妥協も必要だと自分に言い聞かせる。

これからも魔物と戦うことを許してくれたんだし、家のために婚約者や目の前にいるメイドと仲良くするのも悪くはない……かな。

「貴女《あなた》はジラール家に仕えてから長いの？」

メイドと仲良くなるため質問をしてみた。

特に深い意味はない。

「いえ。数カ月ぐらいです」

「最近なのね。お仕事は大変？」

「好きなことをさせてもらっているので、楽しいですよ」

意外な回答だった。嘘《うそ》をついているようには聞こえない。

悪名高いジラール家は、家臣への扱《あつか》いも酷《ひど》いとの噂が出回っている。メイドなんて手を出されてはゴミのように捨てられるとの話で、誰もなりたがらなかったらしいんだけど、実態は随分と違うみたいね。

「私を認めてくれた方に尽くす。これ以上の喜びはありませんから」

嬉しそうに尻尾を振っていた。

獣人は耳や尻尾に感情が出るのでわかりやすい。先ほどの発言は嘘でないようだし、随分と慕《した》っているみたい。

婚約者になる私に対して、主人への愛情を隠そうとしていないから、やっぱり愛人という立場なのかも。

「貴女は、夜のお相手もしてもらっているのかしら?」

前を歩いているメイドの足が止まった。

振り返り、私を見る。

「何が言いたいのですか?」

私を見るエメラルドグリーンの瞳《ひとみ》は冷たい。この反応は、私の想像が間違っていると証明していた。

「婚約者となる相手が、メイドに手を出しているか知りたかっただけよ」

「であれば、違います。ジャック様を、そこら辺にいる男と同じだと思わないでください」

「……変な勘《かん》ぐりをしてしまって申し訳なかったわ」

どんな扱いをすれば、ここまで主人に心酔《しんすい》できるメイドが誕生するのだろう。父様が仕えているデュラーク男爵のメイドと何度か会ったことはあるけど、忠誠心が高い人はいなかった。皆《みな》、仕事だと割り切って働いている。

おかしな話だけど、人としての器はジラール男爵の方が上なのかもしれない。

「お部屋にご案内します」

仮にも主人の婚約者が謝ったというのに無視、ね。

メイドは黙って案内を再開した。

「噂とは違って、まともな貴族。なんで私との婚約が成立したんだろう」

立ったまま、思いついたことを呟いた。

大した歓迎をされなかったので、会う前から嫌《きら》われていると思っていたのに。だから騎士らしく振る舞いたいと言えば、婚約の話はなくなると思ったけど、なぜか受け入れられてしまった。

傷に対して、侮蔑《ぶべつ》の感情はなかったように思える。第四村で戦いたいと言えば、快諾《かいだく》するだけでなく部下として使える私兵まで用意してくれたのだから不思議ね。

家に入って俺を支えろ、なんて考えはないみたい。

貴族として異端《いたん》すぎる。

だからほかの女性ではなく、私と婚約したのかな？

メイドとの距離が離れてしまったので、思考を中断して慌《あわ》てて追いかけていると、荷物を置いていた部屋に着く。

私たちは中に入ると、メイドに助けてもらいながらブレストプレートなどの装備を身につけて、腰にショートソードを差す。

最後に頼もしい相棒である片刃《かたば》の槍を持つと、準備が終わった。

「私はどこに行けばいいかしら？」

「エントランスにご案内いたします」

婚約者を待たせるのに相応《ふさわ》しい場所とは思えないけど、文句を言うつもりはない。しばらくは嫌われないように動こうかな。

機嫌の悪そうなメイドに連れられて、部屋を出ることにした。

＊＊＊

婚約についての契約が終わると、ヨンには客間に戻ってもらった。後はケヴィンが対応する予定で案内を任せている。

執務室に残った俺は、グイントを執務室に呼びつけると、第四村に行くための準備を進めていた。

「部下から調査結果をもらった。お前の祖父は第四村にいるようだ。一緒に来てくれるよな？」

「は、はい！」

事前に魔物が襲撃しているとも伝えているが、答えは変わらないようだ。革鎧とショートソードという貧相な装備ではあるが、戦う覚悟もあるみたいで安心する。

「だが、勝手に動くことは許さない。俺と一緒に魔物討伐もしてもらうぞ」

「もちろんです」

第四村の危機ということもあって、グイントは素直に返事をした。

「いい返事だ」

鎧を身につけ、腰に双剣をぶら下げた。こいつらは普通の金属で作られていて、ヒュドラの双剣は荷袋にしまっている。

準備が終わったのでルミエを見た。

「屋敷に残す兵は二人だけだ。他は全員つれていく。屋敷を襲《おそ》うバカはいないだろうが、気をつけろよ」

「かしこまりました」

俺のいない間に何をするかわからないので、重要な書類はすべて鍵《かぎ》付きの金庫にしまっている。紛失《ふんしつ》や改ざんといった心配は、しなくても良いだろう。

人の出入りについては兵にチェックさせるので、密会も不可能である。

グイントを連れて部屋を出るとエントランスに移動する。

装備を調えたユリアンヌが立っていた。戦いの装備を身につけた姿は、女騎士と言ってもよい見た目をしている。首にある傷さえ、今は魅力《みりょく》を引き立てる装飾《そうしょく》となっており、無駄がない。

「行くぞ」

メイド服を着たアデーレも連れて外に出る。彼女の装備は馬車に積んでいるので、移動中に着替えさせれば良いだろう。

俺が最初に馬車へ入るとユリアンヌが続いた。向かい合うような形で座ったら、御者《ぎょしゃ》がドアを閉めて二人っきりになった。

「ヨン卿との契約も無事に終わった。これでお互いに婚約者同士だな」

「はい。よろしくお願いします」

会話は終わった。お互いに口を閉じたまま。室内は沈黙《ちんもく》に包まれている。

しばらくして馬車が動き出すとユリアンヌが、小さな声を発した。

「アデーレさんに慕われているんですね」

当然だろ。

苦労して仲間に引き込んだんだからな。

「剣術の師匠でもあるからな。他の部下より仲はいいだろう」

「ジラール男爵も剣術を学んでいるので⁉」

今までで一番、食いつきがよかった。

騎士が好きだから、剣術の話題には興味があると思って言ってみたんだが、予想以上の反応だ。

ユリアンヌとは長い付き合いになるかもしれん。もっと知っておくべきなので、話を続けるか。

「婚約者になったんだ。名前で呼べ」

「え、はい。ジャック様」

別に好かれたいから、呼び方を変えてもらったわけではない。こういったプライベートの場でも家名で呼ばれたら、仲が悪いといった噂が流れてしまうので、先に手を打ったのだ。仮面夫婦だとしても、最低限やらなければいけないことはある。

「よろしい。で、剣術だが、正確には片手剣《かたてけん》と双剣の戦い方を学んでいる。午後はアデーレや兵と交じって模擬《もぎ》戦をすることもあるな」

俺が当たり前のようにやっていることを伝えると、ユリアンヌの目がキラキラと輝いていた。話せば話すほど、好感度が上がっているように感じる。急すぎるので理由が思い浮かばない。

「手を、手を見せてもらえませんか？」

「珍しいことを言うな……。これでいいのか？」

手のひらを見せると、ユリアンヌは食い入るように見てから、指で剣ダコを念入りに触れて、固さまでチェックされる。手フェチという存在は聞いたことがあるので、ユリアンヌはそういった性癖《せいへき》をもっているのかもしれんな。

「すごい……固くて、大きい……」

近くに人がいたら誤解されそうな発言だ。手に夢中で周りが見えていないようである。

二人だけだし放置していたら急に馬車が止まった。ユリアンヌは変わらず俺の手を触っていて、気づいていない。なすがままにされていると、ドアが開いた。

慌てた様子のアデーレがいる。

「ジャック様！　グイントさんが――」

報告の途中《とちゅう》で言葉が止まり、眉《まゆ》がつり上がって怒りの表情に変わった。

ゆっくりと馬車の中に入ってくると、俺とユリアンヌの間に立つ。

「ジャック様？」

咎《とが》めるような声色だ。

これは対応を間違えると、アデーレの信用が一気に下がってしまいそうである。まさか、こんな所に罠があるとは思わなかったぞッ!!

「な、なんだ？」

「仲がいいんですね」

肯定《こうてい》すればアデーレの機嫌とともに、信用も急降下するのは間違いない。じゃあ否定すれば良いかと言えば、そうでもないのだ。俺の師匠兼護衛であるアデーレに不仲だと言ったら、ユリアンヌの名誉を傷つけてしまうことになる。

だから、この質問に対して肯定と否定は悪手なのだ。強引でも話題を変えていこう。

「俺がアデーレと一緒に訓練している話をしていたんだ。信じてもらうために剣ダコを見てもらっただけである」

ギリギリ嘘にならない範囲に収まったはず。アデーレに俺の手のひらを見せる。

「ちゃんと大きく固い剣ダコがあるだろ？」

「はい。あります」

「だろ。アデーレがいかに優秀《ゆうしゅう》な師匠なのか、これで理解してもらっていたところだったんだよ」

「私が、優秀な師匠……」

他人にまで自慢していることを知ってもらい、俺がいかにアデーレを大切にしているのか伝えたのだ。効果はてきめんで、すぐに機嫌が良くなる。

「そういうことだったんですね。勘違いしちゃいました」

ここで何を勘違いしたんだなどと聞いて、地雷を踏《ふ》みにいくような男は『悪徳貴族の生存戦略』

の世界では生きていけない。スルー力が求められるのだ。

「で、何があったんだ？」

「そ、そうでした！　グイントさんが兵の一人と揉《も》めていて！」

おいおい！　仲間にする予定のグイントに、何してるんだよッ！

「原因はわかるか？」

「詳細《しょうさい》はわかりませんが、嘘つきなどと言ってました」

こんなところで、グイント特有のエロ不幸イベントが発生したのかよッ！

発動するタイミングが読めない能力は困るな。

「様子を見に行こう」

即決《そっけつ》して立ち上がると、ユリアンヌが話しかけてくる。

「口出しはしませんので、同行してもよろしいでしょうか」

馬車に乗ったときとは違って優しい声色だ。親しみや愛情といった類いのものを感じる。ユリアンヌの中で何かが大きく変わったと感じさせた。

心境の変化について気になるが、今は追及している余裕《よゆう》はない。グイントの対処を優先しよう。

「かまわん」

邪魔をしないのであれば、見学人が一人増えたところで問題ない。

むしろ時間を無駄に浪費してしまい、グイントと私兵の間に致命《ちめい》的な亀裂《きれつ》ができてしまう方がヤバイ。移動すら順調にいかないことに不安を覚えながらも馬車から降りると、兵たちが集まっている場所に向かって歩いて行く。

「お前たち！　何をしている‼」

領主として威厳のある声を出しながら、私兵に向かって叫《さけ》んだ。

まさか俺が来るとは思っていなかったようで、振り向いたヤツらは驚いた顔をしていた。

無言で集団の中心に進むと、俺を避けて道ができる。

胸ぐらを掴まれているグイントと私兵の姿が見えた。取っ組み合いをしていたのかわからんが、服は乱れており、素肌《すはだ》の露出《ろしゅつ》が増えている。線が細いこともあって、不覚にも魅力的だと感じてしまう。

「なぜ、こんなことになっている？」

怒りに震《ふる》える声で言った。

仲間にしようと思っているグイントに、手を上げたのだ。冗談《じょうだん》でした、なんてことでは終わらない。

魔力を貯蔵する臓器の力を開放して身体能力を強化すると、俺が本気で怒っていると気づいた私兵たちは怯《おび》えていた。

「こ、これには理由がありましてッ！」

グイントの胸ぐらを掴んでいた私兵は、手を放して言い訳を始める。

何を言うのか興味はあるので聞いてやろう。

「言ってみろ」

「コイツが近くの森に大型の魔物がいるだなんて、嘘を言ったからです！　何度もしつこく言ってくるから、仕事の邪魔になると説教をしておりました」

斥候《せっこう》キャラとして実装されていたグイントが、見間違えるとは思えない。目の前で言い訳をしている私兵が見落としているだけだろう。

下水道でルートヴィヒにも実力の一端《いったん》を見せていたと思っていたんだが、この私兵にまでは伝わっていなかったようだ。

後ろにいるユリアンヌとアデーレが、無言で俺を見ている。どのような判断を下すか、試されているような気がした。

「グイントは俺の客人だ。それを理解したうえでの発言か？」

「………その通りでございます」

この場で罰《ばっ》せられる覚悟すらあるようだ。誠実な性格をしているようで、俺好みの私兵ではあるが、先入観だけでグイントを侮《あなど》っているところは再教育が必要だな。

客人に無礼を働いたから、この私兵を処刑する……のは、やり過ぎだろう。俺の気分はスッキリしたとしても、部下の話を聞かない領主といった印象を与えてしまい、他からの評価は下がるかもしれん。

「グイントは何か言いたいことはあるか？」

とりあえず両者の話を聞こうと思って質問してみた。

「僕《ぼく》は嘘を言っていません」

姿に見合わず、グイントの声は力強い。

真っ直ぐな瞳で俺を見ており、信じてほしいと訴《うった》えているように感じる。

「それだけか？」

「はい」

「わかった」

もう会話をする必要はない。

結論が出たので周囲に告げる。

「グイントは斥候としての技術が非常に高い。俺が自らスカウトするほどだ」

周囲の空気が一気に変わった。グイントに文句を言っていた兵の顔が真っ青になる。ようやくグイントが高い能力を持ち、自分が気づかなかった魔物について警告していたと信じ始めたのだろう。

「仲間内で争うのではなく、事実を確かめに行くべきだろう」

言い合いしている時間がもったいない。さっさと確認して、魔物が本当にいたら全滅《ぜんめつ》させればいいのだ。

トップの俺が結論を下したこともあって、誰も否定できない。

「グイントは魔物がいると思われる場所まで、俺を案内しろ」

「危険です！　現場の責任者として同行するので、ジャック様はお待ちください！」

この俺を止めようとした愚《おろ》か者はルートヴィヒだ。

部下の失態をカバーするべく、自ら危険な場所に行くと言っている。

「魔物ごときに殺されるほど、弱くない」

能力を強化するチャンスでもあるので、待機なんて選択をするつもりはない。

当然のように却下した。

「魔物退治には私も参加するので、ご安心ください」

後ろからユリアンヌが近づいてきたかと思うと、一方的に宣言した。アデーレは俺の腕にしがみついて、一緒に行くと主張している。二人とも戦いに参加したいんだな。

「好きにしろ。だが、俺は戦うからな」

これ以上、ごちゃごちゃ言われるのが嫌で、周囲の言葉を無視してグイントの前に立つ。

「できるか？」

「もちろんです」

グイントが返事をして立ち上がると、腰に巻いていたスカート状の布が落ちた。

内側にはいているズボンは争っていたときに破けたようで、隙間から可愛らしいピンク色の下着が露《あら》わになる。

こんな時に、不幸エロイベントを発生しやがって。呆《あき》れてしまい突っ込む気力が湧《わ》かない。

「み、見ないでください～!!」

顔を真っ赤にして泣きそうな顔をすると、グイントはしゃがんでしまう。立ち上がらせようとして手を伸《の》ばしたら、ユリアンヌに摑まれてしまった。

「女性を辱《はずかし》めるつもりですか？」

どうやらグイントが女性だと勘違いしているようで、鋭《するど》い目で俺を非難していた。婚約者としてではなく、女性を守る騎士として行動しているんだろう。誤解させておくのも面白いかと思ったが、ユリアンヌからの評価が下がって良いことはない。

はっきりと伝えておくか。

「こいつは、男だぞ？」

「へ？」

口をぽかんと開いて、間抜《まぬ》けそうな声を出した。

しばらくして言葉の意味を理解したのか、グイントを信じられない目で見る。

「股《また》を触って確認していいぞ。婚約者である俺が許可する」

どんな反応をするのか楽しみで、ニヤニヤと笑いながらユリアンヌを見る。

俺の顔を見つめながら悩み……ついにグイントの前に立った。

「本当のことを言っているか、確認するだけです。ご覚悟ッ！」

「た、助けてーー！」

逃《に》げだそうとしたグイントに飛びかかり、ユリアンヌはすぐに拘束《こうそく》する。暴れる手足を押さえつけると、パンツに手を突っ込んだ。

「……………本当に、あった………………」

パンツから手を離して、触った感触《かんしょく》を確かめているユリアンヌが呟く。

恥ずかしそうに両手で顔を隠しているグイントを見て、この場にいる全員が同情していた。

着替え終わったグイントが、魔物の痕跡《こんせき》を追って森の中を歩いている。後ろにいるのは、ケンカしていた私兵――ローレンツと、ルートヴィヒ、俺、アデーレ、ユリアンヌという面子《メンツ》だ。他は馬車を守るために残ってもらっている。

既に人よりも大きい足跡《あしあと》が見つかっており、誰もが大型の魔物が近くにいると確信していた。グイントの意見を否定していたローレンツは、自分が間違っていたと認めるしかない状況だ。

「なんで、こんな所に魔物が……」

ローレンツが愕然《がくぜん》とした表情で驚いていた。

第四村から大きく離れたこの場所で、大型の魔物が出没《しゅつぼつ》する例は今までなかった。気持ちはわかる。

恐《おそ》らくだが、第四村で倒《たお》し損ねた魔物が生き延びて、ここまで移動したのだろう。

Aランクパーティである『緑の風』が抜けた影響か？

もしそうなら、俺たちが気づいてないだけで、他にも似たような状況は発生しているかもしれん。

ジラール領の防衛能力を上げておかないと、魔物で壊滅《かいめつ》する未来がきそうだ。

私兵を増やすか？

それとも寄親や冒険者ギルドに泣きつくか？

何をするにしても金が必要だ。貴族になっても、資金難で頭を悩ますとは思いもしなかったな。

「見つけました」

先頭を歩いていたグイントが立ち止まって、俺がいる方を向く。

「どこにいる？」

指さした場所を見ると、緑色の肌《はだ》をした三メートル以上ある食人鬼《しょくじんき》――オーガが、立っていた。

筋肉によって全身が盛り上がっており、手にはハルバードを持っている。人から奪い取ったらしく
オーガが持つと小さく見えるが、二メートルはあるだろう。

「どうしますか？」

「倒す」

グイントの問いかけに即答した。

リザードマンより強いオーガが村を襲ったら、抵抗《ていこう》できずに全滅する。この場で見逃《みのが》すというこ
とは、村の全滅を許容することにつながり、最後はジラール領の財政破綻《はたん》を招く。絶対に見逃せない。

「なら、ここは私に任せてもらえませんか」

名乗り出たのはユリアンヌだった。傷がうずくのか首を触っている。そういえば、オーガに傷つ
けられたものだったな。

「いや、全員で行くぞ」

一人に任せるなんて、リスクが高すぎる。それにコイツを倒せば魔力貯蔵の臓器も強化できるだ
ろうし、安全なところで観戦なんて選択はできん。

「ですが、危険な相手ですよ？」

「わかっている。だからこそ、全員で戦うんだ」

食い下がってきたユリアンヌを説得する時間が惜《お》しい。

準備が終わる前に気づかれると面倒だ。無視して指示を出すと決める。

「俺とアデーレは正面から戦う。残りの三人は、隙を見て後ろから攻撃してくれ」

「ま、まってください。ジラール男爵が囮《おとり》役をやるんですか?」

慌てたような声でユリアンヌが言った。

一番危険な役を率先するだなんて、頭おかしいんじゃないの? などと思ってそうだな。

別に好んで囮役をやるんじゃない。実戦経験を積んで、勇者セラビミアに対抗《たいこう》できる力を手に入れたいだけなのだ。

「もちろんだ。異論は受け付けん」

黙ってばかりのアデーレを見る。

すでに紅い双剣を抜いており、戦う準備はできているようだ。小さく笑っているのは、俺と一緒に戦えるのが嬉しいからだろうか。

「行くぞ」

鉄製の双剣を鞘《さや》から抜くと飛び出した。

後ろから止めるような声が聞こえたが、気にしてはいられない。様子見なんてするつもりはないので、魔力を貯蔵する臓器の力をすべて開放して、身体能力を強化する。

「こっちを見ろ!!」

声を上げるとオーガが俺を見た。

口が裂《さ》けるような笑みを浮かべながらハルバードを振り上げる。立ち止まって待ち構えると振り下ろされたので、迫《せま》り来る斧《おの》の刃《は》を双剣で受け流す。俺の数センチ隣の地面に大きな溝《みぞ》ができ、土が飛び散った。

「アデーレ！」

「はいッ‼」

事前の打ち合わせなんてなかったのに、俺の意図をくみ取ってくれた。ハルバードの柄の上を走ってオーガの眼前に迫ると、両目を突き刺そうとして双剣を前に出す。

「ガァッッ‼」

オーガが口を開いて声を発した。

たったそれだけで、アデーレは吹《ふ》き飛んで木に衝突《しょうとつ》してしまう。

衝撃波《しょうげきは》が発生したのかッ‼

普通のオーガにこんな能力はなかったので、特別な力を手に入れた個体ということになる。特殊《とくしゅ》能力があったから、ここまで生き延びられたんだな。

アデーレは生きているだろうが、すぐに戦線復帰はできない。

この場は俺が受け持つ！

前蹴りがきたので、横に避けながら双剣で斬りつける。皮膚《ひふ》は斬り裂いたが、分厚い筋肉に刃《やいば》を止められてしまう。数歩下がって距離を取ろうとしたら、オーガが横に振るったハルバードが襲ってきた。跳躍《ちょうやく》して回避《かいひ》できたが、空中にいる間にオーガが殴《なぐ》りつけてくる。

行動を読まれていたようだ。

とっさに双剣を使ってオーガの拳に当てると、軌道《きどう》を横にずらす。

『シャドウ・スリープ』

眠《ねむ》りを誘う黒い雲がオーガの頭部に集まる。抵抗されてしまって眠らすことには失敗したが、数秒ほど意識が散漫《さんまん》になったようで、オーガは棒立ちになった。

「たぁ!!」

木に登っていたグイントが剣を逆手に持って飛び降りた。刀身はオーガの背中に刺さって、四分の一ほど埋《う》まる。体重と重力を使った攻撃でも、筋肉の鎧を完全に突き抜けることはできなかった。

「グォォォオオオオオ!!」

痛みによって怒りの咆哮《ほうこう》を上げた。

衝撃波が襲ってきて身動きが取れない。軽いグイントなんて、剣を持ったまま吹き飛ばされてしまった。

背中に刺さったままだった剣を抜いたオーガが、俺に向けて投擲《とうてき》をしてきた。

弾丸《だんがん》のように速く、とっさに双剣を前に出して受け流したが、両腕を激しい衝撃《しょうげき》が襲う。痛みによって力が入らず、だらりと下がってしまった。

「グオォ!!」

雄叫《おたけ》びを上げながらオーガが走ってくる。魔法《まほう》で足止めしようと考えていたら、ユリアンヌが槍を前に出して飛び出し、オーガの横っ腹を突き刺した。分厚い筋肉を突き抜け、臓器にまで到達《とうたつ》していそうだ。この攻撃だけで、能力は低くないことがわかる。

さらに反対側からルートヴィヒとローレンツが剣を振り下ろし、腕を斬りつけた。そちらは分厚い筋肉に阻《はば》まれて、大したダメージは与えられなかったようだ。

「ジャック様！　大丈夫ですか！」

叫びながらルートヴィヒが俺を見た。

あのバカ！　余所見《よそみ》をしやがったッ！

邪魔をされて怒り狂ったオーガが腕を振り上げて、ルートヴィヒとローレンツを吹き飛ばす。一方のユリアンヌは穂先《ほさき》を奥《おく》まで押し込んでから、ひねり、傷を広げていく。

「グギャァアアア‼」

戦闘を開始してから初めて、痛みによってオーガの動きが止まった。

憎《にく》しみに染まった目がぎろりと動き、ユリアンヌを見る。オーガは槍の柄を握って抜けないようにすると、顔をユリアンヌの目の前にまで近づけ、口を大きく開いた。

至近距離で衝撃波を受けたら吹き飛ぶだけではすまない。

脳や臓器が破壊《はかい》されてしまうだろうし、それが魔力を貯蔵する臓器であれば、一生戦えない体になってしまう。

『騎士らしい活動を認めてもらえるのであれば、それ以外はなにも求めません』

屋敷でユリアンヌが放った言葉だ。

戦うことがすべての彼女にとって、魔力を貯蔵する臓器が破壊されることは、死んだのと同じ意味になる。俺はユリアンヌのことを好きではないし、別居生活を望んでいるのは変わらない。だが、オーガの筋肉を貫《つらぬ》く実力がある戦士……いや騎士を失うのは惜しい。

ということでだな、これから俺がする行動は打算によるもので、善意というあやふやで不確かなものではないのだ！

『シャドウ・バインド』

俺の影が伸びてオーガの口をふさぐのと同時に、衝撃波が放たれた。

影はすぐに破壊されてしまったが威力《いりょく》は弱まっている。ユリアンヌは槍を手放して吹き飛ばされてしまい全身に傷を負っているが、意識はハッキリとしているようだ。

俺は限界ギリギリまで身体能力を強化すると、駆《か》け出す。

オーガはハルバードでユリアンヌを突き刺そうとしていた。ケガで動きが鈍《にぶ》っていることもあって、彼女は避けられないだろう。

「うおおおおお!!」

声を出しながら、ありったけの力を込めて双剣を振り下ろす。ルートヴィヒが傷つけたオーガの腕に当たると、筋肉を斬り裂《さ》き、骨を砕《くだ》く。抵抗は感じたが、何とか切断できた。ハルバードごと腕が落ちる。

「大丈夫か？」

ユリアンヌを守るようにして、前に立つ。無茶して身体能力を強化したため、全身が痛い。さっきみたいに動くのは難しく、俺は戦える状態ではないだろう。

「は、はい。助かりました」

「よかった。お前たちが時間を稼《かせ》いでくれたおかげで、勝てそうだ」

オーガは残った腕で、腹に刺さった槍を引き抜いた。

「ジラール男爵！　私は大丈夫です！　逃げてください！」

ケガをして動けないのに、俺のことを心配するか。性格も悪くない。ゲームキャラではないが、強力な仲間になりそうだ。それだけで婚約した価値があるというものだ。

「安心しろ。俺たちの勝ちだ」

「へ？」

槍が迫っていても動かない俺の言葉が信じられなかったようだ。

間抜けな声を出した。

「ジャック様に手を出すなッ‼」

最初に吹き飛ばされたアデーレが、槍を弾《はじ》いたのと同時にオーガの膝を踏み台にして跳躍した。背に乗ると双剣をくるりと回転させて逆手に持ち、頭の頂点を突き刺す。

固い頭蓋骨《ずがいこつ》を貫いて脳まで到達したようだ。目や鼻から血が流れ、腕がだらりと垂れてから仰向《あおむ》けに倒れた。

上に乗っていたアデーレは、巻き込まれる直前に飛び降りて俺の前に立つ。

「よくやった」

本当は頭を撫でてやりたいのだが、腕が動かない。

双剣が手から離れてしまい、刀身が地面に突き刺さる。

「ジャック様、大丈夫ですか？」

「少し休めばよくなる」

倒れそうになると、アデーレが体を支えてくれる。

労るようにゆっくりと地面に座らせてくれた。

「仲がいいんですね」

俺たちのやりとりをみて、ユリアンヌが思わずといった感じで言葉を漏《も》らした。婚約者が目の前にいるのに、他の女と親しくしすぎたか？　建前ぐらいは維持《いじ》する努力をするべきだったかと、少し反省する。

「もちろんです。ジャック様は私の弟子であり護衛対象で、大切な主ですから」

アデーレが自慢げに言った。

やや挑発《ちょうはつ》気味ではあるが、事実を述べただけなので何も間違ってはいない。ユリアンヌは家のために婚約しただけなので、気にしていないだろうと思っていたのだが、意外なことに少し悲しい顔をしているぞ。

「俺のことはもういい、アデーレはグイントの容体を確認してくれ」

「はい！」

アデーレは元気いっぱいに返事をしてから、走り去る。

近づいてくるルートヴィヒとローレンツが視界に入った。オーガに吹き飛ばされたので気になっていたが、軽傷で済んでいたようだ。思ったより元気そうなので、新しい命令を出す。

「他に魔物がいないか周囲を警戒してくれ！　見かけたらすぐに知らせろ！」

「かしこまりました」

ルートヴィヒが胸に手を当てて返事してから、ローレンツを連れて巡回《じゅんかい》に出ていった。

目の前にはオーガの死体だけしかなく、二人だけ。ユリアンヌは俺を見たまま動こうとしていない。

「何か言いたいことでもあるのか？」

「………ありがとうございました」

ん？　今、礼を言われたのか。

「気にするな」

転がっていた槍を拾うために、オーガの死体に近づく。緑色の血を流していて力なく倒れていた。

レッサー・アースドラゴンと違って、こいつは武具の素材として使えるものはない。皮はちょっと固い程度だし、鎧のように固かった筋肉は、死ぬと人と変わらない強度になってしまうのだ。弾力《だんりょく》性がないので、足の腱《けん》は弓の弦《つる》としても使えないらしい。

生きているときは非常にやっかいで、死んだら無価値になる迷惑な存在だ。

しゃがんで槍を持ち上げる。

手にずっしりとした重さが伝わった。

これを女性の腕で振り回せているのは、魔力を貯蔵する臓器が鍛えられているからだ。オーガの筋肉を突破《とっぱ》できるほどのパワーは魅力的で、それだけでも評価に値するが、ユリアンヌはそれだけじゃない。ゲームキャラクターとして登場しなかったこと、その事実に高い価値を感じている。

セラビミアがゲーム制作者であれば、ゲームキャラクターには詳しく、俺やアデーレ、グイントの戦い方は熟知しているはず。すぐに対策されてしまうだろう。

だが、ゲームにも登場しなかったユリアンヌが相手なら？

隠し球として使える。

俺が鍛え上げ、特別な能力を身につけたら、セラビミアを倒す貴重な戦力になるだろう。

「持てるか？」

拾った槍をユリアンヌの前に出す。

対セラビミア戦において、強力な味方になる可能性があるとわかったから、ちょっとだけ親切にしてみたのだ。

「ありがとうございます」

ユリアンヌの腕が伸びて槍の柄を握る。

その時、俺の手にも軽く触れてしまった。

「あッ」

急に手を引っ込めたかと思うと、ユリアンヌの頬《ほお》が赤く染まる。俺の手が触れた箇所《かしょ》をさすっているし、何が起こったんだ。

「持たないのか？」

「ごめんなさい」

謝られてから、槍を奪い取られてしまった。

「先に戻ってます‼」

「わ、わかった」

勢いに押されて許可を出すと、ユリアンヌはものすごい勢いで走っていった。

ケガは大丈夫か、と声をかける隙はない。魔力で強化するほど急いでいるとは……トイレだったのか？

＊＊＊

しばらく走って周囲に誰もいなくなったのを確認すると、私は立ち止まった。

ジラール男爵の手に触れた指が、今も熱を持っているように感じる。

『ユリアンヌは、もっと強くなれる』

これは父様が言った言葉。ずっと私の可能性を信じて、小さい頃から剣術の稽古《けいこ》をしてもらっていた。

そんな環境《かんきょう》だったので、私は騎士に憧《あこが》れて、ずっと厳しい訓練をしてきた。

もちろん、実戦経験も豊富で、漏らしてしまうほどの恐怖なんて、何度も経験してきたぐらい。

だから男なんていらない。婚約者ができてもすぐに別居して、私は一人で生きる。そう思ってたんだけど……。

「大きい背だった」

私がオーガに攻撃されそうだった時、ジラール男爵は危険を顧《かえり》みず助けてくれた。これが無力な女性を救うため、といった態度だったら怒ったかもしれないけど、お互いに戦士として助け合うための行動だったのは間違いない。

背中を預け合って戦う夫婦。

考えたことなんてなかったけど、なんだかしっくりきた。

ちょっと強引なところや目つきが悪いところもカッコイイし、もしかして最高の旦那様じゃないの⁉

そう思うと、ジラール男爵のことを男性だと意識してしまい、何も話せなくなって逃げ出してしまった。

どうしよう、どうしよう、どうしよう。

私って、こんな簡単に惚《ほ》れちゃうような女だったのかな。初めて覚えた感情に振り回されてしまって、もう顔をあわせられない……。

恥ずかしさのあまり槍をブンブンと振っていると、グイントさんの容体を見ていたはずのアデーレが立っていた。

目は鋭く、毛が逆立っているように見える。

カチッと、脳内で音が鳴り、戦士モードに切り替《か》わった。

「ジラール男爵に任されていた仕事はどうしたのですか？」

「もう終わったよ」

主の婚約者相手に乱暴な言葉づかい。敵意を隠そうとしていない。言葉にしなくても、貴女の気持ちはよくわかった。

「では、愛《いと》しいご主人様の元に戻ったらどうですか？」

自分で言ったことなんだけど、チクリと胸に痛みを感じた。けど、今は無視する。

「ユリアンヌは何を狙っている？」

「フロワ家が貴族の仲間入りすることですね」

別に私は平民でもいいんだけど、母様がどうしてもといって色んな貴族に声をかけ、ジラール男爵にたどり着いた。ただそれだけ、それだったのに……。

「それは家の目的で、ユリアンヌとは違う」

「私は……私は……」

何をしたいのだろう。

ジラール男爵と婚約したけど、それは父様の言うことを聞かなければいけなかったから。

でも今は違うし、ジラール男爵と一緒にいたい。

「何を考えている？」

きっとアデーレが気にいらない返事をしたら、腰にぶら下がっている双剣で斬りつけてきそう。簡単にやられるつもりはないけど、彼女は強い。父よりも強く、今の私では勝てないと断言できるほど。

「よき妻としてジラール男爵を助けます。この槍でね」

きっと、貴族に嫁ぐ子女としては失格でしょう。

子供を産み、他家の奥様《おくさま》と交流してコネクションを作り、夫をサポートする。それが本来あるべき姿ですから。

でも私は、手に持っている槍を置くつもりはない。死ぬときはベッドの上ではなく戦場でありたい。だから、ジラール男爵を武で助けたいと思っていた。

「槍で……私と似ている」

ふっと、アデーレからの圧力が消えたけど、表情は厳しいまま。

一応は、合格したのかな？

「一緒にジラール男爵、いえ旦那様を助けましょ？」

「断る。私だけで十分だから」

最後に一睨《にら》みされてから、アデーレは去ってしまった。

きっと旦那様の所に行ったんでしょう。気軽に行けるその関係が羨《うらや》ましい。なぁんて、少しだけ妬《や》けてしまった。

板挟《いたばさ》みのヨン卿《きょう》

騎士になってから一緒に戦場を駆け抜けた愛馬にまたがると、執事《しつじ》のケヴィンに見送られ、デュラーク領へ向かう。

荷物はユリアンヌのためにジラール男爵《だんしゃく》の屋敷に置いてきた。持っているのは普段《ふだん》使っている短《たん》槍《そう》や盾《たて》、鎧といった防具だけ。

気ままな一人旅といった感じで、久々に自由きままな時間を堪能《たんのう》している。

「父として、最期の仕事が終わったな」

私に似て戦いが好きなユリアンヌが傷を負ってしまったときは、結婚《けっこん》なんて一生できないだろうと思っていたが、まさか男爵家の嫁《よめ》になるとは。

ようやく肩の荷が下りたように感じる。

平民になる予定だったユリアンヌが貴族の一員になるのだから、妻のヒルデだって納得する結果だろう。あとは本人同士が愛し合い、支え合える関係になってくれればよいのだが、恋《こい》を知らないユリアンヌだと難しいか？

いや、ボロボロの領地を立て直すほどの能力を持つジラール男爵なら、何とかしてくれるかもしれん。

そんな期待をしてしまうほど、私から見ても魅力《みりょく》的な男だと感じていた。

「ん？　あの騎兵《きへい》は」

まだジラール領だというのに、見慣れた装備を身につけている兵を見つけた。

人数は三人ほど。太陽の光を反射させるほど磨《みが》かれた銀色に輝《かがや》く兜《かぶと》をつけているので顔はわからないが、デュラーク男爵の私兵だろう。馬に乗ってこちらに向かってきている。

私を見ているので偶然《ぐうぜん》出会ったという線は薄い。

陰謀《いんぼう》の匂《にお》いを感じる。

騎士としての直感が働き、娘《むすめ》が危ないと囁《ささや》く。

「ヨン卿ではないか」

「その声はマッテオ坊《ぼっ》ちゃまですか？」

「うむ」

目の前の男が兜を外した。

予想していたとおりデュラーク男爵の嫡男《ちゃくなん》、マッテオ坊ちゃまだった。

デュラーク男爵は子宝に恵《めぐ》まれなかったので、子供は彼一人。大切に育てられていたが、戦いの喜びに目覚めてからは争いごとに参加することも増えて、実力も付けてきている。数年後には私を超《こ》えるだろう才能を持つ、将来が楽しみな方だ。

馬からおりて短槍を地面に突き刺すと、手を胸に当ててから口を開く。

「ジラール領にご用があったのでしょうか。言っていただければ、お迎《むか》えに上がりましたのに」

話しながら嫌《いや》な予感は強まるばかりだ。

デュラーク男爵は当主になってから、領地拡大のために色んな手を尽くしてきた。非常に野心溢《あふ》れる方だ。意味もなく、大切な嫡男をジラール領に派遣《はけん》することはしない。

私に何をさせたいのかまではわからないが、聞いてしまえばきっと不快になる内容だろう。

そのぐらいなら、戦いしか知らない私にだって予想は付く。

「今回は急ぎの命令だったからな。気づかいは不要だ」

「特別な命令、ですか？」

「そうだ。デュラーク男爵からの言葉だ。拝聴《はいちょう》しろ」

マッテオ坊ちゃまは腰に付けた布袋から丸まった羊皮紙を取り出し、開くと読み上げる。

「これよりヨン卿は、ジラール領の第四村付近に滞在《たいざい》しているヴェルザ商会と合流。現地にいるジラール男爵を暗殺せよ」

「!!」

ユリアンヌが幸せになりそうな相手が見つかったというのに殺せ、だと？

全身が震《ふる》えてしまうほどの怒りを感じた。

騎士として、長年仕えてきた仕打ちがこれか？

私の大切な娘を貴族の企《たくら》みに巻き込みやがってッ！

「ん？　返事はどうした？」

腕を組んだマッテオ坊ちゃまは、さっさと肯定《こうてい》の返事をしろと催促《さいそく》してきた。

態度からして私が断るとは思っていないようだ。

「ジラール男爵は娘の婚約者となりました。なぜ、暗殺しなければいけないのでしょうか。理由を、理由を教えてください」

「お前に伝える必要はない。大人しく言われたとおりに動け」

「…………」

殺さなければデュラーク領が壊滅《かいめつ》するといった、なにかまっとうな動機があると期待していたが、話すことすら拒否されるとは。

ジラール男爵は我が主を含《ふく》め、多くの貴族に狙《ねら》われているといった噂を聞いたことがあるが、どうやら本当だったようだな。ユリアンヌの婚約ですら、油断をさせるための道具としか思っていないようである。

「返事ぐらいしろよ。まさかお前、受けた恩を忘れたとでも言うつもりか？」

恩とは、妻のヒルデを救ってもらったことである。

当時、結婚したばかりのヒルデが熱病にかかり、騎士ごときでは買えない高価な薬を飲まなければ間違いなく死ぬと医者に宣告され、私は絶望していた。そんな時、話を聞いたデュラーク男爵は金を払《はら》い、薬を融通《ゆうずう》してくれたのである。

ヒルデが病を克服《こくふく》して元気になった姿を見たとき、何があってもデュラーク男爵についていこうと思ったものだ。

一度も忘れたことはない。

デュラーク男爵のためなら命を捨ててもいいとすら思っている。

騎士、そして夫として、恩を返したかったからだ。

「薬をいただいた恩は忘れておりません」

「だったらできるよな？」

近づいてきたマッテオ坊ちゃまが、私の肩を叩《たた》いた。

顔が近づいて、逃《に》がさないぞというプレッシャーを感じる。

「ヴェルザ商会のヤツらがジラール男爵を襲《おそ》うから、ヨン卿は背後を攻撃すればよい。簡単な仕事だろ？」

ユリアンヌの幸せとデュラーク男爵への恩の板挟みになって、即答できない。

命令を断れば、ヒルデは私と一緒に処罰《しょばつ》されるだろう。ユリアンヌはジラール男爵次第だ。守ろうと思ってくれればよいのだが、難しいだろうな。出会ったばかりの厄介《やっかい》な女性なんて、斬《き》り捨てるぐらいの判断はするはず。

恩だけではなく、家族のためにも命令は受けるしかない……か。

父親としては失格だろうが、家族を守るための判断である。

もし全員が幸せになれる方法があるとしたら――。

「さっさと答えを聞かせろ」

我慢《がまん》の限界が来てしまったようだ。結論を出すしかない。ユリアンヌを不幸にさせてしまうかもしれないが、命令は受けよう。

「デュラーク男爵を裏切るようなことはいたしません。必ず命令を遂行《すいこう》いたします」

「よく言った！」

一瞬《いっしゅん》で笑顔に変わったマッテオ坊ちゃまは、私の肩をパンパンと叩いてから離れた。

先ほどの命令書をしまうと、別の羊皮紙を取り出す。

「ヴェルザ商会の工作兵が潜《ひそ》んでいる場所だ。道を間違えるなよ？」

「かしこまりました」

地図が描《か》かれた羊皮紙を受け取ると、マッテオ坊ちゃまは兵を連れて去っていった。

監視はしないようで、私が信頼《しんらい》されていると実感する。

本来であれば喜ぶべきことなのだろうが、私の心は黒く沈《しず》んだままだ。

「ユリアンヌが幸せになる姿を見たかったな」

叶《かな》わない望みを口にして未練を断ち切ると、馬に乗って街道を外れる。

途中《とちゅう》で馬を乗り捨てて森に入ると道なき道を歩き、目的地に向かう。

他領の地図なんて簡単には入手できない。多額の金と時間を消費して作ったのだと考えると、デュラーク男爵は本気で動いている。どちらかが破滅するまで戦いは終わらないだろう。そんな予感がしていた。

第四章　グイントの祖父

オーガを倒《たお》し終わった後の移動は平和だった。

アデーレ、グイント、ユリアンヌと私兵を三十人ほど引き連れて、無事に第四村へと到着《とうちゃく》する。

状況《じょうきょう》は俺《おれ》が思っていた以上に悪いようで、馬車から見える村人たちの表情には、悲壮感《ひそうかん》が漂《ただよ》っていた。半壊《はんかい》している建物もいくつもあり、教会には冒険者の死体が並べられていて、到着が少しでも遅《おく》れていたら全滅《ぜんめつ》していたと思わせる光景だ。

「ここまで、酷《ひど》い状況だったんですね……」

馬車に戻ってから一度も顔を合わせてくれないユリアンヌが、悲しそうな表情を浮《う》かべながら呟いた。

魔物《まもの》と戦ってきたということは、数々の悲劇も目撃《もくげき》してきたはず。

目の前に広がる現場を悲しいと思えるのであれば、感性は鈍《にぶ》っていないようだ。人間性は悪くないと判断してもいいだろう。

「冒険者を派遣《はけん》していたんだが、時間稼《かせ》ぎぐらいしかできなかったようだな」

恨《うら》むべき相手は勇者セラビミアだ。『緑の風』さえ残っていれば、被害《ひがい》はもっと小さかったはずなのに。

ゲーム内でも第四村が襲撃《しゅうげき》される展開はあったが、被害はもっとマシだったので、セラビミアが動いた影響《えいきょう》というのは思ったより大きい。早く力を付けなければ、ジラール領が破滅するぞ。

「そ、そうだったんですね」

チラッと俺を見たユリアンヌだったが、頬《ほお》を赤くしてすぐに別の場所に視線を移した。

俺に惚《ほ》れた……と結論を出すのは早計だな。一緒に戦っただけで恋《こい》に落ちる女なんて、存在しない。慣れない異性と一緒にいて、緊張しているだけだろう。

「俺は村長に会って被害状況を確認してくる。兵長のルートヴィヒは冒険者と合流させて、防衛計画を考えてもらう予定だ。ユリアンヌはどうする？」

当初の予定に組み込んでなかったので少し扱《あつか》いに困っていた。

自衛能力はあるので、村の中を自由に歩かせても問題にはならないだろうから、ユリアンヌに考えさせることにした。

「これからお世話になる土地です。少し、村を見て回りたいと思います。よろしいでしょうか？」

許可を得ようとする姿勢が、従順さを示しているようでよい。ユリアンヌに対する俺の評価は高まるばかりだ。裏切りそうにないリストの中では一、二を争う。

「もちろんだ。ユリアンヌに付けている兵は第四村にも詳しい。わからないことがあれば遠慮《えんりょ》なく聞くといい」

「お気づかい感謝いたします」

婚約者同士とは思えない会話が終わると、タイミングよく馬車が止まった。

御者《ぎょしゃ》をしていた私兵がドアを開けたので降りる。

目の前には村長の住む家があり、血なまぐさい空気が俺を歓迎《かんげい》してくれた。

「この臭《にお》いは、どこからきてるんだ？」

「近くに魔物の死体を集めている場所があるそうです。そこから漂ってきているのかと」

死体処理も進んでいないか。

人手が足りないんだろう。

「死体処理にも兵を回せと、ルートヴィヒに伝えておけ」

「かしこまりました」

私兵が返事をしたので、さらに命令を追加する。

「それとだ。ユリアンヌが第四村を見学したいと言っている。アデーレと専属護衛に任命した兵で案内させろ。グイントは自由にさせていい。わかったな？」

「必ずお伝えいたします」

「頼んだ」

これで周囲は勝手に動いてくれるだろう。その間に状況を把握《はあく》せねば。

ユリアンヌと別れてから村長の家の中に入る。

玄関《げんかん》から大部屋が見えた。

奥《おく》には腰の曲がった男の老人が椅子《いす》に座っており、隣《となり》に三十歳《さい》ぐらいに見える青年がいる。彼らの前には小さなテーブルがあって、羊皮紙がいくつか置かれている。報告書の類いだろう。部屋の隅《すみ》には小さい子供を連れた女性が、お湯を沸《わ》かしていた。

「ジャック様、このようなところにお越《こ》しいただき……」

歓迎しようとして老人——村長が立ち上がろうとしたので、手を前に出して止める。

「腰が悪いんだろ？　そのままでいい」

相手を気づかった訳ではなく時間の節約だ。動きの遅《おそ》い老人にあわせるつもりはないからな。

奥に進んで大部屋に入ると、村長の前に立つ。

「すぐに出るから何もいらん」

女性が紅茶を作ろうとしたので、これも止めた。

村長を真っ直ぐ見ると口を開く。

「報告は聞いていたが、想像していた以上に危険な状況だな。今どうなっているのか、教えてくれ」

「毎日のように魔物が襲《おそ》ってきております。冒険者のおかげで村人に被害はありませんが、いつまで持つか……」

「魔物の種類は？」

「ゴブリン、オーク、グリーンウルフが多く、稀《まれ》にオーガや人食い鳥も出現しております」

前者の三種類は、数が厄介《やっかい》なだけで強さはさほどでもない。だがオーガや人食い鳥は別である。

鋼のような筋肉を持つオーガに、攻撃を通せる人は少ない。村人では不可能だ。冒険者だってCランクぐらいにならないと、まともな戦いにはならないだろう。

飛べない鳥として有名である人食い鳥は、動きが素早く、くちばしで突き刺す攻撃をしてくる。

鉄なんて容易に貫《つらぬ》くし、石造りの外壁《がいへき》だって削《けず》り取ってしまう威力《いりょく》があるのだ。また、柔《やわ》らかい羽毛は刃物《はもの》が通りにくく、低ランクの冒険者や一般《いっぱん》兵の攻撃は無効化される。非常に厄介な魔物だ。

「出現場所は決まっているのか？」

「森から、としかわかっておりません。狩人《かりうど》の一人が中の様子を確認しに行きましたが、戻ってこなかったため詳細《しょうさい》は不明でございます」

魔物の発生源が森なのであれば、俺が知っているサブクエストと状況が一致《いっち》する。もし同じなら、残念なことに明確な原因というのは存在しない。森の中に生息する魔物の数が増えてしまったから氾濫《はんらん》した。ただ、それだけのことなのだから。魔物の数が減るまで耐《た》え続けるしかない。解決に時間がかかるかもしれないな。

「現状はわかった。あとは俺に任せろ」

本来のジャックであれば、自分たちで何とかしろなどと言って見捨てただろうが、俺は違《ちが》う。領民を見捨ててしまえば、反乱や勇者襲来《しゅうらい》のきっかけになってしまうので、税を納めて良かったと思える領主として、振る舞う必要がある。

わがままに振る舞うのは、当面の危機が去ってからでいい。

「我々が率いてきた兵のほとんどを防衛に回し、少数精鋭《せいえい》の部隊を作って森を調査しよう」

一カ月も防衛すれば魔物の出現は落ち着くだろう。森の中に入るのは、俺の知っている展開なのか念のため確認したいからだ。

「食料は少し持ってきている。兵に配給するよう伝えておくので、全員に行き渡《わた》らせろよ。絶対にだ」

報告書を見て必要だと思ったから、わざわざ持ってきたのである。村長や一部権力者が独り占《じ》めをしたら許さないので、圧力をかけておいた。

「もちろんでございます」

「ならいい。話は以上だ」

村長の家を出ると、ルートヴィヒを探すために村を歩く。

死体処理現場の近くにいるかもしれないと思って、村の端《はし》に向かっていると声をかけられた。

「ジラール様ーーー！」

この声はグイントだな。振り返ると、肩に掛《か》かるほど伸《の》びた髪《かみ》を上下に揺《ゆ》らしながら、走っている姿が見えた。

探す手間が省けて助かる。

雰囲気《ふんいき》からして悪い話ではないだろう。

「何があった？」

目の前で立ち止まり、息を切らしているグイントに質問した。

「聞いてください！　おじいちゃんが見つかったんです！」

……は？

サブクエストが勝手に終了《しゅうりょう》したぞ！

ゲームでは絶対にあり得ない展開なので、これも現実になった影響なのかもしれない。

「どこにいた？」

「足をケガしてしまったようで、治療《ちりょう》用に使われている建物で横になっていました」

死ぬようなケガはしていないだろうが、容体が気になる。

ルートヴィヒを探す前に見ておくか。

「案内してくれ」

「はい！」

元気よく返事したグイントが歩き出した。

祖父の居場所がわかったからか、ずっと笑顔のまま。楽しそうである。後ろ姿も女に見えるな、なんてくだらないことを考えながら付いていくと、ケガ人が集まっている建物に入っていった。

重い傷を負った冒険者が、床に転がっていた。うめき声が聞こえ、血の臭いが入り口まで漂っていて不快感が増していく。

「この上にいます」

グイントは気にせず入っていったが、俺は腕で鼻を隠《かく》してから追う。

建物は狭《せま》いため、五人ぐらいが横になっているだけで、歩くスペースがないほどだ。ここにいるヤツらは、四級……いや恐《おそ》らく三級のポーションを使う必要があるだろう。そんな高級なポーションはジラール家に残ってないので、一階にいる冒険者は苦しんだまま死ぬしかない。

視線をグイントの方に戻すと、階段をのぼって二階に行ってしまった。

今にも失血死しそうな冒険者を見ながら、俺も後に続く。

包帯を腕や足に巻いたケガ人が、床に座って談笑している姿が目に入った。一階は重傷者、二階は軽傷者といった感じで分けているのか。

ケガ人は五人、そのうち老人は一人だけで、こいつがグイントの祖父なんだろう。

「おじいちゃん。ジラール男爵《だんしゃく》が来てくれたよ！」

グイントが俺を指さしたことで、祖父と視線が合う。

「ケガをしているようだが、大丈夫か？」

第一声をどうするか悩んだが、グイントがいるので気づかう言葉にした。

「これはこれは、領主様。お優しいことで」

含《ふく》みのあるような言い方が気になるが、文句を言うべきではない。グイントの祖父なのだから大目に見よう。一線を越えなければ、多少の無礼なら許してやる。

「ゴブリンが持っていた、なまくら剣《けん》で叩《たた》かれただけなので、すぐによくなるかと」

「骨は折れてないんだな？」

「多少痛みますが、問題なく動かせますぜ」

そう言ってグイントの祖父は、包帯を巻いている足を軽く持ち上げた。

これなら死ぬ心配はなさそうだと、安堵《あんど》する。

「で、お前はなんでこんな所にいるんだ？」

グイントと祖父は、俺の屋敷がある町に住んでいる平民だ。老人の足で、第四村にまで移動するのは大変だったはず。

苦労してまで来たのには理由があるはずだから、聞いてみた。

「亡くなった妻とこの子の両親は、第四村の出身でね。家族が生まれ育った故郷の危機だと聞いて、様子を見に来たんですよ」

祖父が語った通り、大切な家族であったグイントの両親や祖母は既《すで》に他界している。

原因は食糧《しょくりょう》不足による栄養失調だ。食べ物が手に入らなかった理由は重税にある。

ジラール家さえなければ、もっと長生きしていたなんて、思っていても不思議ではない。

「恨んでいるか？」

だから聞いてしまった。

珍しく緊張しているようで、喉《のど》が渇《かわ》く。

もし敵意を向けられたら反乱の芽を潰すために、俺はこの祖父を斬《き》るだろう。

「……ワシの恨みは先代へのものであって、領地のために働いている貴方では、ございません」

どうやら税制の改善、第三村の救出といった動きが、評価されたみたいだ。恨みは完全になくなったとは言えないが、今のところは問題なさそうである。裏切りを警戒して処分する必要はなさそうだ。

贅沢《ぜいたく》な暮らしをするために領地を復興させているだけなのだが、良い方向に勘違《かんちが》いしているのであれば、指摘《してき》する必要はないだろう。

「なら、俺からは何も言うことはない」

会話を終えるとグイントを見る。敵意は感じない。彼も俺のことは恨んでなさそうだ。

追加クエストが発生する気配はないし、グイントを仲間にするサブクエストはクリアしたと思って問題ないだろう。

「祖父は見つかった。そして、死んだ親の故郷の第四村が壊滅《かいめつ》しかかっている。グイント、お前はどうしたい？」

「守ります。絶対に」

亡き両親の故郷を守るという、意志のこもった力強い声だ。レッサー・アースドラゴンと戦うときにも思ったが、こういった覚悟を決めた人は強い。

窮地《きゅうち》に立たされても逃《に》げることはせず、勇敢《ゆうかん》に戦う。仲間との連帯感も強くなり、生き残った後には戦友という絆《きずな》が残る。困難を一緒に乗り越えた同志といった存在になるのだ。

「よく言ったぞ」

グイントの肩に手を少しだけ置いた。

男らしい筋肉などなく、細く丸みがある。なぜだか、襲いかかりたくなる気持ちになる。

「魔物襲撃の原因を探るため、俺を中心とした精鋭部隊を作る。グイントは斥候《せっこう》として参加してくれ」

動揺を隠しつつ命令を伝える。

「お任せくださいッ！」

至近距離《きょり》だったこともあり、グイントの笑顔を見て思わず胸が高鳴ってしまう。

もちろん恋に落ちたわけではなく、単純に綺麗《きれい》な女性に笑ってもらえて嬉《うれ》しく思っただけなのだが。

グイントが近くにいると気持ちに振り回されることが多く、戸惑《とまど》ってしまう。

余計な思考を振り払《はら》うために首を何度か横に振ってから、グイントと一緒に階段を下りようとする。

「ジラール様」

グイントの祖父に名前を呼ばれたので振り返った。

足の痛みに耐え、壁《かべ》により掛かりながら立っている。

「孫をよろしくお願いします」

深く、頭を下げた。

何もできないから、無力な自分の代わりに守ってくれとでも言いたかったのか。

チッ、気にいらん。

なぜコイツは、悪名高いジラール家の当主である俺を信じられるんだ？

会って数分しか会話してないんだぞ。会社の面接より短いし、人柄《ひとがら》を把握できるはずがない。なのに、大切な孫の命を預けるなんて！　ギャンブルをしているようなものだ。

「戦場では何が起こるかわからない。約束はできんな」

確約をしない俺の言葉を聞いても、頭を下げたままだ。「わかっています、それでもお願いします」と言われている気分になる。

グイントからの視線も気になるし、少しはサービスしてやるか。

「だが、どんなことがあっても見捨てることはしない。グイントが死ぬときは、俺も死ぬときだ」

裏切りは嫌《きら》いだ。

許せない。

だから、俺から裏切るようなことはしたくないのだ。

グイントたちが魔物に囲まれて死にそうになるなら、必ず助けに行く。その程度の覚悟はあった。

「ありがとうございます」

顔は見えないが、泣いているように感じた。

面倒《めんどう》であった祖父との話は、終わりだ。

「グイント、行くぞ」

「は、はい！」

階段を下りて外に出た。

第四村は相変わらず村は悲壮感漂う空気が蔓延《まんえん》しているものの、俺の私兵が活躍《かつやく》していることもあって、来たときより改善しているように思える。

「ジラール男爵、これから何をされるので？」

「一緒に戦う仲になるんだ。名前で呼べ。許可する」

「え、は、はい！」

グイントには、これからずっと仕えてもらいたいので、心理的な距離を縮めるために名前呼びを許した。

「で、質問に答えるが、森に入って探索《たんさく》する部隊を作る。メンバーは……と、いいところで来たな」

ルートヴィヒが近づいてくる姿が見えた。

待っていると俺の前に立って敬礼をする。

「死体処理は順調か？」

「今日中には、すべて終わります」

「それが終わったら、冒険者と連携《れんけい》して村の防衛をしろ」

「かしこまりました！　ジャック様は、何をされるので？」

「アデーレやグイントを連れて森へ入る」

「………は？」

なに口をぽかんと開いて驚《おどろ》いてるんだよ。

ここは、素直に返事をする場面じゃないか。

「な、何を言っているんですか！　危険ですよ！」

「そのぐらい知っている。だが、守りだけじゃ被害は拡大する一方だ。原因を調べなければならん」

「であれば、私たちがやります！　ジャック様は安全なところにいてください」

「じゃないと、ケヴィンに怒られるから、か？」

「………はい」

兵長に昇格《しょうかく》させても、ケヴィンの影響からは抜け切れていないか。ルートヴィヒがこうなんだから、配下の私兵も同じであるだろう。

俺ではなく、ケヴィンの機嫌《きげん》を気にしていることに危機感を覚える。誰がこいつらのご主人なのか、改めて教育し直してやる必要があるのだが、今はまだその時ではない。

第四村の問題を解決させた後になるだろう。

「ケヴィンには戻ってから俺が説明しておく。ルートヴィヒは目の前の仕事に集中しろ」

「わかりました」

砕《くだ》けた返事ではあるが、しょぼんと気落ちしている姿を見たら責める気にはならん。

やることは多いので、アデーレとユリアンヌを探すことにした。


グイントと第四村の中を歩く。

森に近いところでは、十人程度の冒険者が地面に座りながら昼食を取っていた。

魔物の襲撃が一段落した隙に、腹を満たしているのだろう。会話がなく無言なのは、余裕《よゆう》のない証拠《しょうこ》である。

昼夜問わず襲われ続ければ、疲弊《ひへい》するというものだ。

そろそろ限界が近いと察して辺りを見渡《みわた》すと、目立つ銀髪《ぎんぱつ》の女性を発見した。近くには護衛兼監《けん》視業務を任せている、アデーレと兵の二人もいる。予想した通り、ユリアンヌは戦いの現場を見学していたようだ。

「ここにいたのか」

声をかけて、真っ先に振り返ったのはアデーレだった。

俺の姿を見ると走って近寄り、抱《だ》き付こうとしたので、手を前に出して止める。

魔物と死闘《しとう》を繰《く》り広げた冒険者の前で、女とイチャつく領主なんて印象最悪だ。仕事を放棄《ほうき》して帰るきっかけになるかもしれないので、真面目な印象をもたせなければならん。

「魔物は出てきたのか？」

「ゴブリンとグリーンウルフが襲ってきましたが、私が殺しておきました！」

褒《ほ》めて！　と言いたそうな表情をしていたので、頭を撫《な》でてやった。この程度なら周囲も嫉妬《しっと》しないだろう。

「思っていた以上に危険な状況です。ジャ……旦那《だんな》様は、これからどうする予定ですか？」

少し遅れて近づいてきたユリアンヌが聞いてきた。

呼び方が変わっているのは突っ込まないし、アデーレの機嫌が悪くなっているのも無視する。周囲の目があるからな。

「森の中に入って原因を調査する予定だ。アデーレはユリアンヌ護衛の任を解く。一緒に行くぞ」

「はい！」

嬉しそうに返事をすると森の中に入っていこうとしたので、服を引っ張って止める。

「慌《あわ》てるな。先頭はグイントだ。斥候をやらせる」

平地ならともかく見通しの悪い森の中だと、気づかない間に囲まれてしまい、ピンチになるパターンもありえる。ゲームでも斥候キャラがいないと、不意打ちの戦闘が多数発生したので油断できん。

アデーレは俺の命令に逆らうことはないので、やや気落ちしたが納得してくれたようだ。

「私も、参加させてもらえませんか？」

俺たちの様子を見ていたユリアンヌが話しかけてきた。

視線は合わせてくれず、手を前に合わせてモジモジとしているが、本気で言っているのだろう。

婚約の条件に、戦いを許可するというのが入っているため、拒否はできない。

「いいだろう。許可する」

ループから抜け出せない
悪役令嬢は、
諦めて好き勝手生きることに
決めました2
The villainess, stuck in a loop, decides to give up and live as she pleases!
最恐異能×悪役令嬢×
ループファンタジー第二弾!
私は、
私の願いを
胸に生きる。

3年 6月・7月の新刊

2023年6月の新刊 6月9日頃発売

レイド＆バスタード 2
鉄骨の試練場、赤き死の竜ー
蝸牛くも イラスト／so-bin

れ才女は全然めげない
義母と義妹に家を追い出されたので婚約破棄して
らおうと思ったら、紳士だった婚約者が激しく溺愛
てくるようになりました！？～
／宮之みやこ イラスト／早瀬ジュン

する魔女はエリート騎士に
れ薬を飲ませてしまいました 2
~偽りから始まるわたしの溺愛生活~
／榛名丼 イラスト／條

2023年7月の新刊 7月7日頃発売

祓い屋令嬢ニコラの困りごと 2
著／伊井野いと イラスト／きのこ姫

宰相補佐と黒騎士の契約結婚と離婚とその後
～辺境の地で二人は夫婦をやり直す～
著／高杉なつる イラスト／赤酢キヱシ

魔術の果てを求める大魔術師 2
～魔道を極めた俺が三百年後の技術革新を期待して転生したら、
哀しくなるほど退化していた……～
著／福山松江 イラスト／Genyaky

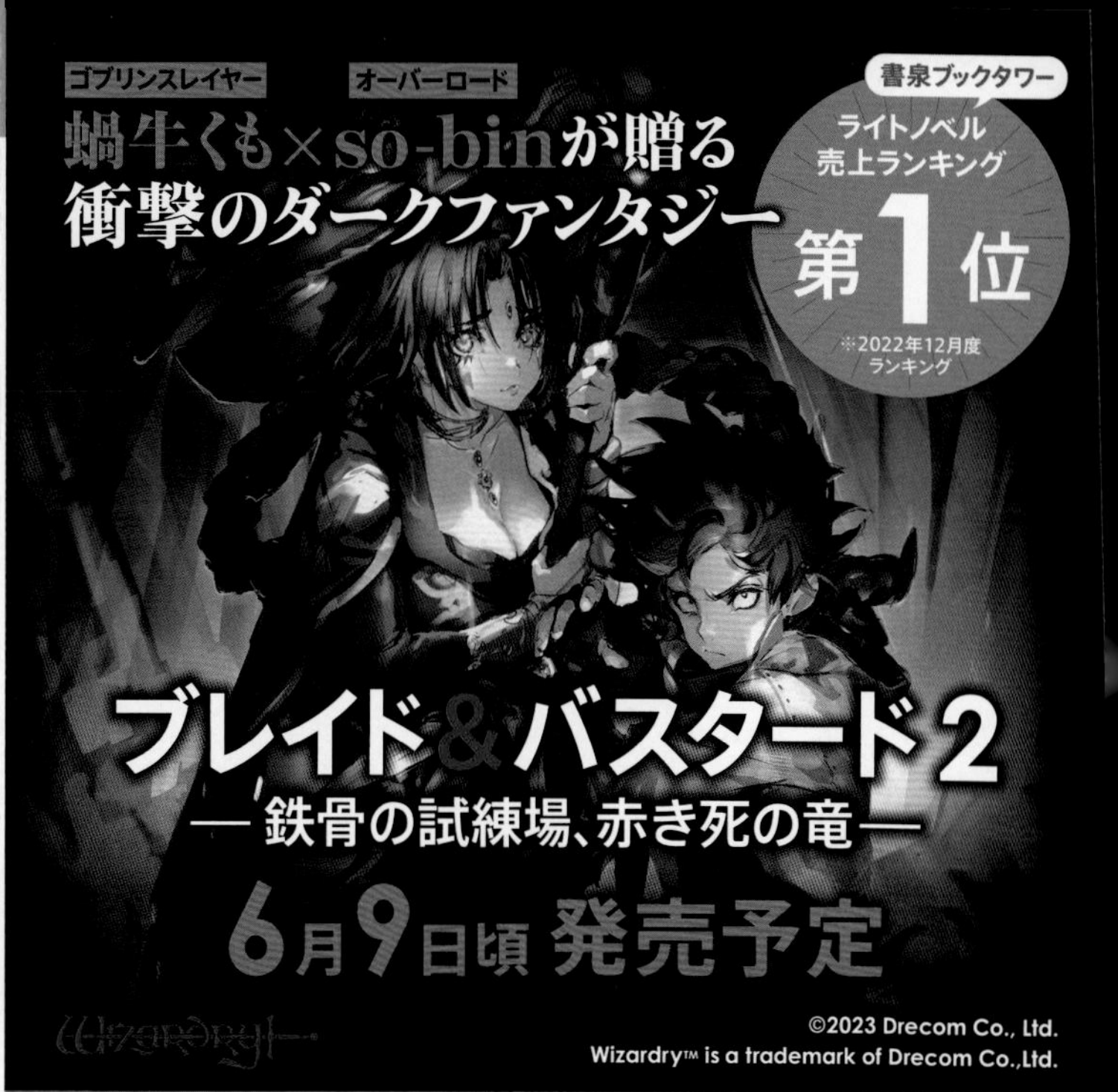

「私は、お金に負けたのね」地方領主の令嬢、エステル・フローゼスの人生は突然の婚約破棄と自身の異能によって大きく変化する。傷心のエステルが繰り出した夜会で待っていたのは、第一王子・アークレインとの運命の出会いだった——!「エステル嬢、私と婚約しようか?」異能に目をつけた腹黒王子から『演技』で溺愛される日々——。しかし、エステルの心は徐々にアークレインに惹かれていき……? 婚約破棄から始まるシンデレラ・ストーリー、堂々書籍化!

2023年 5月の新刊

嫉妬深い国王の策略によりドラゴン退治を命じられたクロウ。向かった先にいたのはただの
ではなく『七大災禍』の一つで封印されていたはずの『天滅のニーズホッグ』だった!! 壮絶な戦
重傷を負いながらもニーズホッグを倒したクロウ(と魔剣ムラマサ)。クロウと面会した王太后エル
龍殺しの英雄を王家に引き入れるために王家の指輪をクロウに渡す。エルディアの考えも知らず
取ったクロウだったが、それがとんでもない事態を引き起こす!! 魔剣を手に入れたらとんでもない
なっちゃったよファンタジー第二弾、クロウくんの受難ふたたび!

俺の言葉を聞いて、ユリアンヌはぱっと花が咲《さ》くように笑ったが、一方で監視につけている私兵は、辛《つら》そうな表情をしていた。魔物がウヨウヨと徘徊《はいかい》しているような森に、入りたくないんだろう。

足手まといは不要なので、別の任務を与《あた》えるとするか。

「お前たちはルートヴィヒと合流して、他の兵と一緒に村を守れ」

二人の兵に命令を出すと、手を胸に当てて嬉しそうに敬礼した。

本音が出すぎだぞ。領主が危険な森に入るんだから、もう少し違ったリアクションをしろよ……。

「拝命いたしました！　ルートヴィヒ兵長を探してまいります」

考えが変わる前に逃げてやろうという気持ちがあったんだろう。

返事を聞かずに村の中心に向かって走り去っていった。

忠誠心が低いなとは思うが、贅沢を言えばキリはないので、裏切りの兆候がないだけ良しとしておく。

「ブオオオ‼」

ようやく話がまとまったのに、森から二足歩行の豚《ぶた》——オークが五匹《ひき》も出てきた。ったく落ち着かない現場だな。

オークの手には、斧《おの》や剣、槍といった武器がある。豚鼻をヒクヒクと動かして匂《にお》いを嗅《か》いでいるかと思ったら、視線がユリアンヌやアデーレの方を向く。

ああ、そういえば、こいつも女性を好むタイプの魔物だった。負ければR15のスチル画像が出てくる記憶《きおく》が蘇《よみがえ》る。

「俺たちが戦う。休んでいろ」

冒険者が立ち上がろうとしたので、止めると俺一人で飛び出した。

領主自らが戦う姿を見せて、やる気を出してもらおうとの作戦だ。

近づいてきた俺に、オークが槍を突き刺してきたので、前に跳躍《ちょうやく》しながら頭に双剣を突き刺す。

絶命したオークの体を蹴って距離を取ると、先ほどまで俺がいた場所にオークが殺到《さっとう》した。都合よく集まっているので、魔法《まほう》を使う。

「シャドウ・バインド」

オークの動きを止めると、遅れてやってきたユリアンヌが槍で突き刺し、アデーレが双剣で斬り刻む。グイントも攻撃に参加しようと動き出したので、俺が止めた。

「他に魔物が来ないか、警戒してくれ」

冒険者たちが疲弊しているのは、波状攻撃が来ているからだ。戦闘音を聞きつけて、他の魔物が来る可能性があるので、周囲の警戒に専念してもらう役を与えた。

命令を出し終えたのでオークと戦うために前を見る。競うようにしてアデーレとユリアンヌが攻撃しており、すぐに全滅させてしまった。

「ちゃんと殺しました！」

「オーガ戦では情けないところを見せてしまいましたが、オーク程度なら問題になりません！」

アデーレは顔に血を付けながら胸を張って自慢《じまん》し、ユリアンヌは前回の失態を気にしていたようで、強いんだぞとアピールしていた。

俺のために働いてくれるのは嬉しいが、仲間内で張り合うのは危険な兆候だと思う。限度を超《こ》えてしまえば、足の引っ張り合いにつながるからな。

「お前たちが強いのはわかっているから、落ち着け」

根本的な解決にはならんだろうが、なだめようと二人に近づく。

グイントの叫《さけ》び声が聞こえた。

「人食い鳥が、一匹《いっぴき》近づいています！」

懸念《けねん》していたとおり魔物のお代わりが発生したようだ。

「クエエエエエッ‼」

人食い鳥が上を向いて鳴いた。

見た目を一言でまとめるなら、トサカのないデカい鶏《にわとり》だ。全長は三メートル前後だろうか、レッサー・アースドラゴンよりも一回りか二回りほど小さい。全身は柔らかそうな赤い羽毛で覆《おお》われていて、クチバシだけは銀色に光っている。

走っているが、そこまでのスピードではない。人間と同じぐらいで――――ッ‼

前触《まえぶ》れもなく走るスピードが上がり、迎撃《げいげき》するタイミングを逸《いっ》してしまう。

頭上にクチバシが迫《せま》ってくる。双剣を前に出して受け止めると、強い衝撃《しょうげき》が全身に伝わる。威力はレッサー・アースドラゴンほどではないので、剣を落とすことも、手がしびれることもないが、二度、三度と、連続してクチバシで突いてくる。

攻撃の間隔《かんかく》が短いため動くことはできず、耐えるだけだ。反撃《はんげき》する隙が見当たらん。

とはいえピンチというわけではない。囮《おとり》役として完璧《かんぺき》な仕事をしているからな。

「はぁぁぁあああ！」

魔力《まりょく》で身体能力を強化したアデーレが、高く跳躍した。

紅い双剣が人食い鳥の首に当たる。柔らかい羽毛は刃《は》の通りを悪くする効果があるのだが、最強キャラには関係なかったようだ。首の半分ほどまで斬ってしまう。もし武器の性能が良ければ、両断できていただろう。やはり、アデーレにヒュドラの双剣を持たせたいな。

「グエエエエェエエ」

痛みに耐えられず、人食い鳥は俺への攻撃を中断して、地面を転がった。

巻き込まれる前にアデーレは離れて俺の隣に立つ。

「大丈夫でしたか？」

「もちろんだ。助かったぞ」

俺だけでは羽毛を突破《とっぱ》できるか怪《あや》しかったので、アデーレの攻撃は助かった。

人食い鳥が落ち着くのを待っていると、近づいてきたユリアンヌが話しかけてくる。

「次は、私が攻撃します」

やたらと気合いが入っているようで、人食い鳥を見る目は鋭《するど》い。全身から殺気が漏《も》れ出していて、理由なく拒否して良い雰囲気ではなかった。

「気をつけろよ」

「愛《いと》しい旦那様に、私の実力をお見せしますからッ!!」

い、愛しい……だと⁉

旦那様と呼ばれるのを無視していたら、なんか重くなったぞッ！

アデーレが凄《すご》い形相で睨《にら》んできたので、首を横に振る。何を否定したかなんて、俺はわかっていない。だが、否定しないとマズイという直感だけが働いて、行動に出たのだ。

「行ってまいりますッ‼」

戸惑っている間に、ユリアンヌは飛び出してしまった。

ようやく立ち上がった人食い鳥の目に向けて槍を突き出す。首が半分切断されているからか、避けることはできずに右目が貫かれた。

ユリアンヌは槍を手放すと、腰にぶら下げていた剣を鞘《さや》から抜く。

すぐには攻撃しない。

勝利を焦《あせ》って手を出すようなことはなく、ユリアンヌは人食い鳥の様子を冷静に見ている。血を流しすぎてしまったようで、二本の足で立っているのだが、フラフラとしていて安定感がない。放置していても倒せそうだが、レッサー・アースドラゴンのように、隠し球があるかもしれん。

同じことを考えたのかわからんが、ユリアンヌはトドメを刺すために跳躍すると、人食い鳥の背中に乗った。

「はぁあああ‼」

勇ましい声と共にアデーレが傷つけた場所をなぞるようにして、刀身を滑《すべ》り込ませる。

ボトッと、重い音がして人食い鳥の頭が落ちた。

血が噴水《ふんすい》のように噴《ふ》き出し周辺の地面を赤く染める。

人食い鳥から飛び降りて地面に立つユリアンヌは、俺をじーっと見ていた。

強いでしょ、褒めて！　と、アピールしているのかもしれん。

……もしかして、もしかしてだが、アデーレと張り合っているのか？

クソ、面倒な女だ。せめて言葉にしろよ。何のために口があると思ってるんだ。

「ヨン卿の教育は正しかったようだな。俺の背中を任せられるほどの実力を持っている」

意外と俺は女心がわかっているようで、言葉選びは間違ってなかった。

ユリアンヌは満足そうに笑ってる。

その代わり、隣にいるアデーレは不満そうにしているので、こちらもフォローしなければならん。

面倒ではあるが二人ともセラビミア対策に必要な人材なので、機嫌を損なったままにはできないのだ。

「もちろん、アデーレも強いぞ。いつも頼りにしている」

犬をあやすような感覚で頭を撫でると気持ちよさそうに目を閉じたので、しばらく続けるか。

追加の魔物がこないか警戒しているグイントに声をかける。

「ルートヴィヒに、人食い鳥のクチバシと羽毛を回収しろと伝えてきてくれ」

「行ってきます！」

裏表のない無邪気《むじゃき》な笑顔で、グイントは走っていった。

斥候だから必要だと思っていたが、癒《い》やし枠《わく》としても活躍してくれそうである。妙《みょう》な気分になるときもあるが、無害な男がいるというのは安心できる。仲間にして良かった。

アデーレとユリアンヌは睨み合っているが、あえて触れるようなことはしない。

休んでいる冒険者どもに声をかける。

「我々が倒したのだ。人食い鳥の素材は、すべてもらうぞ」

魔物の素材は倒した者が手に入れるルールとなっている。もちろん例外はいくつもあって、複数のパーティが合同で倒した場合や冒険者ギルド主催《しゅさい》の依頼などは、後で平等に分配するパターンになる。

他にも助っ人で参加した冒険者には、金だけを支払《しはら》って終わる場合もあるのだが、今回は例外には当たらない。

俺が領主だとわかっているからなのか、文句を言ってくるようなヤツはいなかったので、素材は総取りできそうだった。

第五章

第四村の森

俺《おれ》の私兵が五人ほど現場にやってきたので、人食い鳥の後処理を任せて森の中へ入った。

先頭はグイントで、十メートル先を歩いている。足跡《あしあと》や木についた傷、または音を聞いて周囲の情報を集めているので、俺たちが近くにいると邪魔《じゃま》してしまうのだ。

だから仕方がないことではあるのだが、アデーレとユリアンヌに挟《はさ》まれてしまい、非常に居心地のわるい状況《じょうきょう》が続いている。

「アデーレは私の旦那《だんな》様に近づきすぎでは？　戦いにくいではありませんか」

「ご心配なく。ジャック様を護衛するのに、ちょうどいい距離《きょり》なんです。ユリアンヌ様は護衛対象外なので離れてもらえませんか？　邪魔なんです」

「私も旦那様を守るためにいるので、その話は聞けませんね」

俺のことで言い合いをしている。

今までの経緯《けいい》から、アデーレが俺のことを慕《した》ってくれるのはわかるのだが、家のために婚約したユリアンヌの態度や思考は理解できん。嫌《きら》われるよりかは好かれていた方が良いのは間違いないが、相手の考えがわからないというのは怖《こわ》い。

ゲームには登場しなかったので、設定から性格や好みを推測することは不可能。これ以上、二人の関係が悪化しないことを祈《いの》るしかない。

女の揉《も》め事に巻き込まれて死ぬなんて未来は、ごめんだぞ。

「ここがどこなのか忘れたのか？　死にたくなければ、真面目にやれ」

冗談《じょうだん》ではなく本気で怒っていることが伝わったようで、アデーレとユリアンヌはピタリと、口論を止めた。

密着していた体を離して、アデーレは俺の後ろに移動する。ユリアンヌは俺と距離を取り、今は五メートルぐらい離れている。

これでようやく、当初の計画していた通りの隊列になったな。

体力を温存するために無言で進む。

倒《たお》れた木を乗り越《こ》え、邪魔な枝を双剣《そうけん》で斬り落とし、流れ落ちる汗を袖《そで》で拭《ぬぐ》う。背中の荷袋にヒュドラの双剣をしまっていることもあって、いつもより疲《つか》れやすいように感じる。

森の中は魔物《まもの》で溢《あふ》れかえっていると思っていたのだが、今のところ遭遇《そうぐう》していない。

グイントの案内が優秀《ゆうしゅう》なのか、それとも何か別の原因があるのか？　と、考え事をしながら歩いていたら、グイントが立ち止まる。すぐに気配が薄くなり、草むらの中に消えていった。

「旦那様、グイン――」

話しかけてきたユリアンヌの唇《くちびる》に人さし指を当てて黙《だま》れと伝えると、ポンッ！　と、音が鳴ったんじゃないかって錯覚《さっかく》するほど、瞬時《しゅんじ》に顔が真っ赤になった。

今はおしゃべりの時間ではないので、ユリアンヌの変化を無視して鉄の双剣を手に持つと、周囲に動きがないか警戒しながらグイントの帰りを待つ。

風が吹《ふ》いて葉が揺《ゆ》れた。

変化に対して敏感《びんかん》になっていることもあり、緊張感が高まっていく。

今すぐにでも魔物が襲《おそ》ってくるのではないかと、嫌《いや》な妄想《もうそう》が広がっていき……背後から声がした。

「ジャック様」

不意打ちだったので体がビクッとしてしまった。

慌《あわ》てて後ろを向くと、一見すると女に間違えそうなグイントの姿がある。気配を全く感じなかったので、簡単に背後を取られたようだ。斥候《せっこう》だけでなく、暗殺者としての素養もありそうだな。

「何か見つかったのか？」

不意を突かれたと気づかれないよう、冷静な姿を装って質問をした。

「森の奥《おく》に遺跡のようなものがありました。どうしますか？」

『悪徳貴族の生存戦略』をプレイしていたとき、第四村は魔物を狩《か》るフィールドとして使っていただけで、遺跡というものは背景の一部でしかなかった。

恐《おそ》らく、セラビミアなら遺跡の詳細《しょうさい》を知っているだろうが、プレイヤーだった俺には、想像すらできん。安全が確認できれば休憩所《きゅうけい》としても使えそうだし、とりあえず調べてみるか。

「グイントは、罠《わな》の感知や解除もできるか？」

「もちろんです」

「なら行くぞ」

アデーレとユリアンヌから反対意見はでなかった。

移動を再開すると、すぐに遺跡らしき場所にたどり着く。いくつもの石を積み上げて作り上げた建物は半壊《はんかい》しており、周囲に瓦礫《がれき》が散らばっている。大昔に破壊《はかい》されて、そのまま放置されていたみたいだな。

遺跡の中からは、天井を突き抜けるほど大きく育った木が見え、また外壁《がいへき》の半分以上は緑の苔《こけ》に覆《おお》われている。不気味な雰囲気《ふんいき》があって、深夜に発見していたら怖くて中に入るのを中断していたかもしれん。

「これを見て下さい」

しゃがんで地面を触っているグイントが言った。

何を見つけたのか気になって、膝《ひざ》をつけて目をこらしてみる。

「小さな窪《くぼ》みだな……足跡か?」

「正解です。しかも、人のものです」

「何時《いつ》のだ?」

「最近ですね。数時間、長くても一日ぐらいしか経過していないかと」

魔物の襲撃《しゅうげき》が始まってから、誰も森には入っていない。

ゴブリンやオークなどの人型魔物ではなく人であるのなら、俺たちの知らない第三者が、存在することにつながる。

「そういえばレッサー・アースドラゴンをリザードマンに引き渡《わた》していた犯人が、判明してなかったな」

「敵がいるかもしれないんですね」

ギリッと、歯を強くかんだ音が聞こえた。

後ろを向くと、鼻にシワを寄せ、歯をむき出しにしているアデーレの姿が見えた。

第三村の戦いは大変だったからな。犯人を放置するつもりはないので、遺跡を徹底《てってい》的に調べるとしよう。

「遺跡に入る」

この決定を否定する仲間はいなかった。

「先頭はグイントで最後尾《さいこうび》はアデーレだ。遺跡に入ったヤツの正体を調べるぞ」

全員が俺の言葉に頷《うなず》くと、グイントが音を立てずに歩いた。俺とユリアンヌも続き、背後からの襲撃を警戒したアデーレが、俺たちから数メートル離れて後を追う。

警戒心が高まっているからか、今のところアデーレとユリアンヌが争うような気配はない。

グイントが遺跡の入り口で立ち止まった。

手を軽く上げたので、俺たちは周囲に敵がいないか警戒しつつ、しゃがんで隠《かく》れる。

遺跡に入らず入り口で作業をしていたグイントは、しばらくして俺たちを見ると、手招きした。

「行こう」

腰を落としたまま歩き、グイントと合流する。彼の手には、目をこらさないと見えないほどの細い糸があり、床には小ぶりのナイフが数本転がっていた。刀身には黒い液体が塗《ぬ》られていて、匂《にお》いを嗅《か》いでみると刺激臭《しげきしゅう》がした。

「麻痺《まひ》毒です。殺すのではなく、捕《と》らえることを優先した罠ですね」

生け捕《ど》りにした後、拷問《ごうもん》をして情報を吐《は》かせるつもりだったのか？

俺の領地で好き勝手な行動をしやがって。許せる話ではない。遺跡を根城にしているヤツを見つけたら、徹底的に叩《たた》きのめしてやる。

「隅々まで探索《たんさく》する。侵入者《しんにゅうしゃ》がいたら排除《はいじょ》するぞ。殺しても構わん」

敵は狡猾《こうかつ》かつ相当な実力があると予想される。生かして捕らえる余裕《よゆう》はないと思って対応した方が良いだろう。

「わかりました。また先に行きますね」

罠があるとわかっていても、グイントは率先して先行する姿勢を崩《くず》さない。健気《けなげ》な姿に感動していたら、彼の体から黒い靄《もや》が出て俺の体に絡《から》みつく。

体のコントロールがきかなくなり、グイントの頬《ほお》を触ってしまった。

肌《はだ》はモチモチしていて弾力性《だんりょくせい》があり、表面はつるりとした卵のようなさわり心地だ。ほどよい温かみが、緊張した心を解きほぐす。意思に反して手は離れてくれない。

「あッ……」

驚《おどろ》いたグイントは小さな声を出すと、頬が上気しているようにも見える。手を合わせてモジモジと動かしているが、俺の手を突き放そうとはしない。

今度はグイントの足元から、黒い靄が出てきたように見え、体に巻き付いてきた。

心の中に何かが、入り込んだような気がする。

このまま、押し倒しても良いんじゃないかって……。

「ジャック様ッ！」

「旦那様⁉」

俺の両肩に手が乗った。

後ろを向くと、アデーレとユリアンヌが怒りの形相で俺を見ている。

急に現実に引き戻され、グイントの頬を触っていた手を戻す。

さっきまで、俺は何を考えていた⁉

相手が女なら、ジャックの精神に引っ張られたと思っていたところだが、グイントは男だぞ！

ジャックは、そこまで分別のない男だったのか？

いや、慌てるんじゃない俺。冷静に考えろ。

あの特定の感情を増幅《ぞうふく》させるようなものはちょっと違《ちが》う気がする。なんというか、強制的にグイントを襲いたくなるような……そう、呪《のろ》いのようなものだった。

ゲーム内でグイントは度々、男に襲われるイベントがあったが、その設定を呪いとして再現しようとしているのか？

設定の強制力に恐ろしさを感じ、背筋に冷たいものが走る。

ジャックとグイントが結ばれるイベントを思い出したからだ。

何で忘れていたんだろう。恋愛系のイベントなんてどうでも良いと、スキップしていた自分を殴《なぐ》りたくなる。

「心配かけたな。もう大丈夫だ」

両肩に乗った手を優しくどけて、グイントから少し距離を取る。

何も感じないし、思わない。やはり先ほどまでの俺は、黒い靄のせいでおかしくなっていたのだろう。

「グイント、先行してくれ」

「はい！」

先ほどの出来事をなかったことにしたようで、普段《ふだん》通りに可愛らしい笑顔を浮《う》かべながら、返事をした。

グイントは一人で遺跡の中に入っていく。これでしばらくは大丈夫だ。

不安が残る目を向けている、二人に話かける。

「俺たちも追うぞ」

いつもならすぐに返事してくれるのだが、二人とも黙ったままじーっと、俺の顔を見ていた。単純に俺の言葉が信じ切れてないのだろう。

男の色香に惑《まど》わされた領主と誤解されたままだと、ユリアンヌからは婚約破棄《はき》されてしまうだろうし、アデーレは愛想を尽かして去ってしまうかもしれん。ちゃんと事情を伝えるべきか。

「さっきの出来事を説明してほしいのか？」

「旦那様さえよければですが……」

ユリアンヌが代表して返事をした。

護衛ごときが、そんな要求はできないと思っているのか、アデーレは黙ったまま。

「実はグイントの体から黒い靄のようなものが出てきて、俺に接触《せっしょく》してきたんだ。その後は動けなくなってしまった。二人は見えたか?」

仲良く首を横に振って否定した。

だろうな。

もし気づいていていたなら、俺の肩を触るだけでは終わらず、大騒《おおさわ》ぎしていただろう。

「遺跡に設置された罠や魔物の魔法などが原因だと思われるが、詳細は不明だ」

「でしたら撤退して、調査をするべきではないでしょうか?」

ユリアンヌの指摘《してき》は至極真っ当だ。本当に原因が全くわかってないのであれば受け入れていただろうが、俺はグイントにかけられた設定という名の呪いだと確信している。不用意に近づかなければ発動しないだろうし、常に黒い靄が出ているわけでもないので、脅威《きょうい》度は低い。

今は遺跡探索を優先したかった。

「遺跡に誰かがいる可能性は高く、撤退したら逃《に》がしてしまうかもしれない。撤退なんて選ばないぞ。先に進む」

二人はまだ何か言いたそうだったが、これ以上の説明をする予定はない。

誤解さえ解ければ良いのだからな。

グイントの後を追うために歩き出すと、すぐにユリアンヌが追いかけてきた。最後尾の守りを任されているアデーレも、少し遅《おく》れてから歩き出す。

ちょっとしたトラブルはあったが、ようやく遺跡探索ができそうである。

遺跡の通路は、なだらかな下り坂になっていた。外から見たときは小さめな半壊した建物のように見えたのだが、地下迷宮のような造りになっているようで、終わりが見えない。

壊《こわ》れた天井から降り注いでいた太陽の光も、今はない。地下通路に入ってから、俺たちはランタンを点けると腰にぶら下げ、奥へ進む。

床は綺麗《きれい》に磨《みが》き上げられていて、鏡のようになっている。廃墟《はいきょ》のくせにしっかりと手入れが行き届いているようで、ほこりっぽくはないし、地上にあった瓦礫《がれき》などは見当たらなかった。

魔物の襲撃や罠もなく、順調に奥に進む。しばらくすると、三メートルはありそうな巨大《きょだい》な両開きの扉《とびら》が出現した。模様はなく木製だ。

ランタンを近づけて観察してみる。ベースは明るい色なのだが、所々、色あせているようで年季を感じさせた。

「調べるので、離れてください」

爆発《ばくはつ》系の罠が仕掛《しか》けられていた場合を想定して、グイントは離れろと言ったのだろう。

一人で扉の前に立つと、周辺の床や壁《かべ》をチェックしていく。罠がないと確認できた後は、扉の鍵穴《かぎあな》を覗《のぞ》いていた。

作業の邪魔をしたくなかったので、俺たちは黙って見ているだけである。

罠のチェックを終えたグイントは、鍵穴に棒を入れるとカチャカチャと音を立てて作業を始めた。中の構造が複雑なのか、作業を始めてから随分と時間がかかっているな。

誰かが来ないかとずっと緊張していると、急に静かになりグイントが立ち上がった。

「罠はなし。鍵《かぎ》は解除しました。これで入れるはずです」

アデーレやユリアンヌは戦うことしかできないので、精密作業ができるグイントは助かる。仲間にいなかったら、扉を破壊して突破《とっぱ》するしかなかっただろう。

「よくやった。開けるぞ」

罠はなかったが、部屋の中で魔物が待ち構えている可能性はある。警戒しながら扉を軽く押して僅《わず》かな隙間《すきま》を作り、覗いてみた。真っ暗で何も見えない。呼吸音すら聞こえないので、魔物が潜《ひそ》んでいないとは思う。扉をさらに押して人が入れるほどの隙間を作ると、グイントがランタンを持って素早く入った。

部屋の入り口が見えるようになる。

物や魔物、そして人影はない。

規則正しく柱がずらりと並んでいるだけである。

「大丈夫です。中に入ってください」

安全だと言われても気を抜くわけにはいかない。鉄の双剣を手に持ちながら、ゆっくりと中に入る。

ランタンの光が四人分になり、部屋の中がさらに明るくなって、部屋の詳細が見えるようになった。

「すごい……」

冒険者として各国を旅してきたであろうアデーレが、目の前の光景に圧倒されていた。

磨き上げられた床に、複雑な蛇《へび》や花の模様が彫《ほ》られた無数の柱、高い天井には人と魔物の戦いをモチーフにした絵が描《か》かれている。

ランタンの光は途中《とちゅう》までしか届いてないので、まだ奥はありそうだ。ここを作るのに、いったいどれほどの時間が消費されたのだろうか。俺には、想像することすらできない。

「部屋の奥を確認してきます」

「まて、一人で先行するのは許さん。全員で行くぞ」

ランタンの明かりで視界が確保できているのは、部屋の一部だけだ。四方から襲われる可能性があり、一人で行かせるのは危険との判断をした。

「……わかりました。でも、先頭は僕《ぼく》ですからね。それは譲《ゆず》れません」

斥候としてのプライドか。嫌いじゃないな。

「いいだろう。任せた」

「はい！」

可愛らしい笑顔を浮かべたグイントは、下を向きながらゆっくりと歩き出した。

俺とユリアンヌは並んで歩き、アデーレは少し遅れて後を追う。靴音《くつおと》だけが反響《はんきょう》する不気味な空間を進むが、景色は変わらない。柱が並んでいるだけだ。罠すらなく、立ち止まる理由がないので奥へ進んでいく。

しばらくして、祭壇《さいだん》のような物が見えた。十段ほどの階段をのぼった先に、石で作られた横長の箱が設置されており、隙間なく文字が書かれていている。

俺には読めない。ジャックの知識を漁ってみると、古代文字ということだけがわかった。

「あれは……貴人のお墓ですね」

「何か知っているのか？」

呟《つぶや》いたユリアンヌに聞いてみると、顔が緩《ゆる》んで幸せそうな表情をしていた。

頼られて嬉《うれ》しいという感情が溢れ出ている。

「昔、初代デュラーク男爵《だんしゃく》の墓参りに行ったことがあるのですが、同じような物がありました」

ユリアンヌの父親、ヨン卿が仕えている男爵がデュラーク家だったな。ジラール家とは違って騎士を養う余裕があるようだし、貴族らしい豪華《ごうか》な墓を作っていたのだろう。

領地は隣接《りんせつ》しているのだが、交流はないので、どんな貴族なのか知らなかった。

「すると、この石は柩《ひつぎ》なのか？」

蓋《ふた》を開けるとアンデッドが襲ってくる、といったのが定番の流れだな。『悪徳貴族の生存戦略』でもアンデッドは存在したので、警戒はしていた方が良いだろう。

「中を確認する。グイントは開けてくれ。アデーレは護衛として――」

命令を出している途中に、背後から足音が聞こえて口を止めた。

いち早く動いたのはユリアンヌだ。振り返ると同時に槍の穂先《ほさき》を音がした方に向ける。アデーレは俺の前に立って双剣を構え、グイントは柩の裏に隠れると様子を見ることにしたようだ。

俺も音がした方を見るが、暗闇《くらやみ》に包まれていて姿は見えない。明かりも照らさずに移動できるとは、敵は魔物である可能性もあるな。

音の正体がわからず警戒したまま立っていると、暗闇からそのまま抜け出したような黒い人型の影が、ランタンの光によって浮かび上がる。目や鼻、口といったパーツはなく、全てを黒く塗り潰したような存在だ。俺がプレイしていた『悪徳貴族の生存戦略』では、登場していなかったはず。

顔がないのに目が合ったように感じ、背筋に悪寒が走る。

影が保有する魔力量《まりょく》は多く、一筋縄ではいかないことが容易に想像できた。

人型の影が、一歩足を踏《ふ》み出す。

来る！

そう思った瞬間《しゅんかん》に暗闇から声が聞こえた。

「待ちたまえ」

今度は暗闇から、フードをかぶった男が出てきた。リザードマンと取引していたヤツに背格好が似ている。もし同一人物であればジラール領を荒らした犯人であり、処刑しなければいけない相手になるぞ。

「お前は誰だ。我が領地で、何をしている？」

「その声……ジラール男爵か！」

俺が領主だとわかった途端《とたん》、フード男から殺気が放たれた。

こいつも我が家に敵対する一人か。貴族相手にケンカを売ろうとする人物が、まともなわけはない。

穏便《おんびん》に終わらすことは諦《あきら》めて鉄の双剣を構えると、左手に持っている方を投擲《とうてき》した。高速で回転しながら、フード男の頭部に向かって進む。

不意の一撃《いちげき》を完全に回避《かいひ》することはできず、フードが脱《ぬ》げて素顔があらわになる。見覚えのある顔だ。

「不届き者の正体は、ヴェルザ商会か」

両親と商売をするため、何度も屋敷に訪れていた番頭のエールヴァルトだ。俺がアデーレに渡した指輪は、こいつから購入《こうにゅう》したので覚えている。

ヴェルザ商会なら、独自のルートでレッサー・アースドラゴンも購入できたはず。第三村を潰すために、商人としてリザードマンと取引もできただろう。

だが、なぜ、こいつらが犯人なんだ？

動機が思い浮かばん。

ヴェルザ商会はジラール家のお抱《かか》え商家であり、安定して仕事を流しているから、俺に逆らうメリットがないのだ。ということは、ヴェルザ商会単体の犯行ではないかもしれん。

例えばだが、俺を破滅させれば今よりも良い条件で取引してやる、といった類いの密約をかわしていたら？

寝返《ねがえ》る可能性はあるな。

俺の推測が当たって、エールヴァルトやヴェルザ商会を操っている人物がいるとしたら、少なくとも貴族である。だが爵位《しゃくい》は高くないだろう。伯爵《はくしゃく》より上の爵位だと、ヴェルザ商会と取引するメリットはない。直接話す相手は、子爵《ししゃく》以下になるはず。

また騎士だと後ろ盾《だて》としては弱いので、消去法的に残るのは子爵もしくは男爵になる。そして、ゲームで最初にジラール領を攻撃してきた人物は一人だけだ。

「お前たちの後ろに、デュラーク男爵がいるのか?」

ヒントもなく当てて驚いたのか、エールヴァルトの顔が強ばったように感じた。

デュラーク男爵はゲームだと中盤《ちゅうばん》以降に、ジラール領を攻《せ》めてくるシナリオだったため、序盤《じょばん》の今は、ほとんど警戒していなかった。

これは俺の怠慢《たいまん》だったと言える。

隣国《りんごく》同士が仲良くなれないのと同じで、領地が近いとトラブルは起きやすいので、本来、警戒しなければいけない相手なのだ。

デュラーク男爵は、リザードマンを使って第三村を滅《ほろ》ぼした後、ジラール家に統治能力がないと王家に言うつもりだったのかもしれない。金も地位も失った俺はろくな抵抗《ていこう》もできず、王家に土地を奪われた挙句、それがデュラーク男爵に下賜《かし》される未来もあったかもしれない。

「まあ、言わなくて良い。お前たちはこの場で死ぬんだからな」

下っ端《ぱ》を拷問してもデュラーク男爵にはたどり着けないだろう。

それより、ユリアンヌや父親のヨンを使って探りを入れた方が良い。もし、あの二人も裏切っていたら、まとめて処分してやる。

「くそッ。アイツらを殺してくれッ!」

暗闇に向かって叫《さけ》んでからエールヴァルトが逃げ出そうとする。シュッと、風を切る音がして何かがその足に刺さった。

「いだぁ」

エールヴァルトが倒れてしまう。痛みによって体がうまく動かないようで、起き上がろうとして何度も失敗している。

後ろを見ると、グイントが黒いナイフを持ちながら冷たい笑みを浮かべていた。入り口で回収した麻痺毒付きのナイフを投げたのか。

「ジャック様の邪魔をするヤツは許しません」

「よくやった！　グイントは人間の方を任せた！」

話している間に人型の影が全長二メートルほどになる。腕を前に出すと手が槍のように鋭《するど》くなり、ユリアンヌに向かって伸《の》びた。魔力を開放せずとも目で追えるスピードなので、ユリアンヌは素早くかわしてから懐《ふところ》に入り込むと、槍を突き出す。穂先は突き抜けてしまい、ダメージは与《あた》えられなかった。霧《きり》のように、実体がない存在みたいだな。

黒い影の表面がボコボコと動き出す。

「下がれッッ！」

俺の命令を聞いたユリアンヌは、疑う素振《そぶ》りも見せずに距離を取った。

次の瞬間、人型の影から黒いトゲが飛び出して地面に突き刺さる。攻撃する際は実体化するようで、警告が遅れていたら穴だらけにされていただろう。

入れ替《か》わるようにしてアデーレが人型の影に飛びかかったので、その間に俺は全身の魔力を開放した。様子見なんてする余裕はなさそうなので、全力を出すことにしたのだ。

アデーレは二本の剣を振るって、人型の影に攻撃をしている。だが、影のほうは剣を避けるつもりはないらしく、腕や体、頭まで何度も斬《き》られているのだが、すぐに元に戻ってしまう。再生ではない。ダメージを与えているのではなく、水面を斬った後、元に戻るような動きだ。仮に何時間、何日続けても、人型の影は倒せないだろう。

この影のような存在は、どうやって出現している？

グイントに捕らえられたエールヴァルトを見るが、魔法を使って操作しているようには見えない。体がしびれた状態で、特別な道具を使って操作しているということもないだろう。

俺が周囲を観察している間に、ユリアンヌも攻撃に参加した。デュラーク男爵のことは気になっているだろうが、今は戦いを優先してくれるらしい。

鋭い突きを人型の影に当てるが、効果はない。本体の魔力が減っているようにも感じず、魔物の原則から明らかに逸脱《いつだつ》している。

魔力の動きを丁寧《ていねい》に視てみるが、人型の影に動力源となるコアがあるようにも感じないぞ。

「無駄だ！　こいつは攻撃を無効化するッ！」

攻めあぐねている二人を見て、エールヴァルトは不快な笑い声を上げながら言った。

戦闘になれていない男が、この余裕を見せるか。俺の推測通り、今の状態を続けても勝てないと確信を得る。

二人には悪いが時間稼《かせ》ぎのために、このまま戦ってもらおう。

敵の注意を引かないよう、静かに移動する。グイントの隣《となり》に立った。

「暗闇での移動は得意か？」

「あ、はい。夜目も利きます」

「ランタンの光を消して、他に人がいないか調べてもらえないか？」

「……そういうことですか。わかりました」

人型の影を操作している別人がいると、察してくれたようだ。ランタンを消したら、すーっと暗闇に溶《と》け込んで、グイントの姿が消えた。斥候じゃなく、暗殺者として育てても良さそうだな。もしくは諜報員《ちょうほういん》か。

しばらくは様子見の状況が続くので、エールヴァルトと話すことにする。

「いつから、俺を裏切っていた？」

なぜ、とは聞かない。

どうせ納得できるものじゃないだろうからな。

「……先代からですよ。哀《あわ》れなジラール男爵」

裏切りに気づかず、ヴェルザ商会を重用していたことに、哀れという言葉を使ったのか？

それとも親の不始末を子が処理しなければいけないことか？

どっちにしろ俺を見下すような言葉を吐いたのが、気にいらない。無言でエールヴァルトを踏みつける。

「グエッ」

カエルのような声を発したので、少しだけ怒りが収まった。

「裏切り者は必ず処分してやる」

絶対にだ。

もちろんヴェルザ商会だけでなく、俺のものを奪《うば》おうとする、デュラーク男爵も許さん。

贅沢《ぜいたく》な暮らしを邪魔する存在は、すべて消し去ってやる。

「勘違《かんちが》いしてますね……先に裏切ったのは、ジラール男爵ですよ」

随分と怨《うら》みのこもった目で俺を見ていた。

ヴェルザ商会との取引は両親……いや、豚《ぶた》がしていたうえに、正式な記録は残っていないことが多かった。詳細はわからないが、豚がバカなことをしてヴェルザ商会を裏切った可能性は高い。

息子である俺にも責任があると言いたいのだろうが、そんな意見はくそ食らえだ。

「だからなんだ？　俺には関係ない」

「ッ‼」

親の責任を子が取れ？

バカじゃないのか？

親と子は別の生き物、個体だ。考え方や価値観が違うのに、なぜ責任を取らなければならない。俺は、俺がしたいようにする。

「どっちが先なんて関係ない。俺を裏切ったお前たちとは二度と付き合わん。それだけだ」

「ヴェルザ商会を切ったら、ジラール男爵は困るのでは？」

長年続いた悪政のせいで、まともな商会は領内にいない。ヴェルザ商会を潰してしまったら、他領からの輸入が途絶《とだ》えてしまう。生活必需品《ひつじゅひん》すら手に入れるのが困難になり、ジラール領が衰退《すいたい》するとでも言いたそうだな。

「お前バカか？　代わりなんて、いくらでもいるんだよ」

ゲームだと、使える商会はいくつか登場していた。そいつらとコンタクトを取れば、ヴェルザ商会の代わりになるのだから心置きなく切り捨てられる。

話すのも面倒《めんどう》になったので剣を突き刺そうとして、

「敵がいましたッ！」

グイントの声で中断すると、すぐに戦闘音が聞こえてくる。

人型の影は相変わらずアデーレやユリアンヌを攻撃していて、止まる気配はない。グイントも操作しているヤツまでたどり着けてないのだろう。

であれば、やることは一つ。

「お仲間がいたみたいだな」

エールヴァルトの顎《あご》を思いっきり蹴ってから、大きく口を開く。

「人型の影を操作しているヤツがいる、そいつを叩け！」

いち早く反応したのはアデーレだ。

人型の影の周囲を高速で移動し、翻弄《ほんろう》してから一気に距離を取ると、グイントがいるであろう場所に向かって走っていった。

犬耳は飾《かざ》りじゃない、ということか。戦闘音だけで場所が特定できるって、どんなスペックしているんだよ。

すぐに居場所を特定できたようで、アデーレは革鎧を着た戦士の二人と戦い始めた。

ランタンの明かりによって、グイントも戦士の一人と激しい戦闘をしている姿が見えた。

奥には、黒い水晶《すいしょう》を持った太った男——スペンサーがいる。商会代表の息子だったはずだ。こいつが操作しているのか。さっさと殺して終わらせないと。

人型の影は左右の腕を広げると弧《こ》を描《えが》くようにして伸ばし、ユリアンヌを挟もうとする。さらに体から黒い矢も放ってきた。

後ろに下がれば手からは逃《のが》れられるだろうが、迫り来る黒い矢からは逃げられない。かといって前に出るのも危険で、唯一の逃げ場は上にしかなく、ユリアンヌは跳躍《ちょうやく》してすべての攻撃をかわす。

だがそれは、敵の想定内だったようだ。

空中で動けないユリアンヌに向けて再び黒い矢が放たれた。その数は三本。数は多くなかったので、槍の柄で弾《はじ》いてしのいだが、バランスを崩してしまい着地時に膝と手をついてしまう。

ユリアンヌはすぐに動けず、頭上には人型の影の手が近づいてくる。既《すで》に走り出していた俺は、ユリアンヌを抱《だ》きかかえて離れると、後ろからズンと床が叩かれたと思われる重い音がした。

「あれは俺が受け持つ。ユリアンヌはアデーレを助けてくれないか？」

顔を赤くして、ぼーっとしているユリアンヌにお願いをした。

返事を待ちたかったのだが、その余裕はなさそうだ。人型の影が俺の方を見ている。

「任せたからなッ！」

エーヴァルトに投げつけたままだった剣を回収すると、人型の影に向けて走り出す。黒い矢が五本飛んできたので、双剣を振るって叩き落とした。

剣が二本もあるのだ。この程度の数なら余裕でさばける。

人型の影に近づいたので跳躍してから剣を横に振るって首を両断するが、手応えはない。影はすぐにくっついてしまい、攻撃は無効化されてしまった。

人型の影から、黒いトゲが何本も伸びる。

「ちッ！」

空中にいて動けない俺は、剣を振り下ろして黒いトゲに当てると、体を上昇《じょうしょう》させて回避したが、頭部から細く黒いトゲが複数出て俺を襲ってくる。

『シャドウ・ウォーク』での回避が頭をよぎるが、あれは自分の影に沈《しず》んで、視界内の影に移動する魔法であり、空中では使えない。アデーレから学んだ双剣術で、何とかするしかないだろう。

顔を狙った黒いトゲの束を右手の剣を横に振って軌道《きどう》を変えてから、腹を狙ってきた黒いトゲに対しては、左手の剣を振るって回避した。受け流すついでに体を移動させたため、致命傷《ちめいしょう》は避けられたが、いくつかは腕や足に刺さってしまう。実体化が解けたのか刺さっていたトゲが消えたので、地面に着地してから追撃《ついげき》に備える。だが、人型の影は動かなかった。

「何が起こった？」

異変があったのは間違いないので、周囲を観察する。

エールヴァルトは倒れたままだ。ユリアンヌは俺のお願いを聞いてくれたようで、アデーレたちと一緒に戦っている。敵は劣勢《れっせい》のようで、革鎧を着た戦士の一人は倒れていた。アデーレが戦士一人を、グイントとユリアンヌがもう一人を相手していて、スペンサーはその後ろで焦ったように周囲を見回していた。

黒い水晶が光ると人型の影が、スペンサーの方を向いた。

俺を倒すのではなく、自分の守りに使うつもりか。

俺が人型の影を抑《おさ》え込んでいると、アデーレたちは信じ切っているのか気づいていない。

このままだと危ないッ！

『シャドウ・ウォーク』

自分の影に沈むと、スペンサーの影から浮かび上がる。

「なんで、ここに⁉」

すぐに俺を攻撃せず驚くとは。戦いには慣れてないようだな。

右手に持った双剣を手放すとスペンサーの首を絞《し》める。抵抗されずに拘束《こうそく》できたので、左手に持つ剣で頬を軽く突き刺した。

「すぐにアレの動きを止めろ」

「誰が……いだいッ！」

文句を言ってきそうだったので、切っ先を少しだけ深く刺した。

たったそれだけで、涙を流す。痛みに弱すぎるな。

「これが最後のチャンスだと思え。アレを止めろ」

「はい……」

黒い水晶から光が失われるのと同時に人型の影が消えた。

どうやらあれは、魔力で生み出された魔物……いや、ゴーレムの一種だったみたいだな。スペンサーの魔力が切れるまでは、動き続けていただろう。

「若様！」

アデーレと戦っていた戦士は、スペンサーを助けようとして俺の方に向かってきたが、背中を斬られて倒れてしまった。敵に背を向けるなんて自殺行為《こうい》だとはわかっていたはずだが、それでもスペンサーを助けたかったのだろう。残っていた戦士もユリアンヌの槍に胸を貫《つらぬ》かれ、グイントの剣で首を飛ばされる。

「ヴェルザ商会の跡継《あとつ》ぎが、どうしてここにいる？」

大切な息子を派遣《はけん》しなくても人型の影は操作できたのに、なぜ最前線にいるのだ。この疑問を解消しておきたかった。

「……信用してほしいなら、俺を戦闘に参加させろって言われたんだよ」

「デュラーク男爵にか？」

裏切り者が新しい場所で信用を得るためには、それなりの働きを見せなければいけない。下っ端では意味がないので、血縁者《けつえんしゃ》が選ばれたのだろう。

二重スパイを警戒する意味でも、前の立場に戻れないような仕事をさせること自体は、一定の説得力があった。

「そうだッ！　あのクソ男爵、絶対に許せねぇ!!」

裏切り者が何を言っている。

それは俺のセリフだろ。

スペンサーは命まではとられないと勘違いしているようだが、そんなことは絶対にない。早いか、遅《おそ》いかの違いだけで、俺を裏切った時点で死ぬしかないのだ。

「奇遇《きぐう》だな。俺も、絶対に許せないヤツらがいる」

こいつらは当然として、デュラーク男爵も許すつもりはない。当面は領地の回復を優先しなければいけないため、正面から戦うことはできないが、時間をかけてでも潰してやる。

じゃないと、安心して過ごせないからな。

「だよな……ぐッ」

馴《な》れ馴れしい口を利いてきたスペンサーの首を摑んだ。

黒い水晶を手放して抵抗してくるが、俺の腕は動かない。レッサー・アースドラゴンやオーガを倒して強化された俺には、こんなヤツの力なんて無いのと同じなのだ。

「安心しろ、今は殺さない。村に戻ったら、すべてを喋《しゃべ》ってもらうからな」

スペンサーを地面に投げ捨てた。

背中を打ったらしく咳《せ》き込んでいる。

「グイント、生きているヤツを拘束してくれ。アデーレとユリアンヌは、他に隠れているヤツがいないか部屋中を調べるんだ」

三人がそれぞれ動き出したので、ケガを負った箇所《かしょ》を止血してから、俺は気になっていた貴人の墓を調べることにした。

短い階段を上って柩の前に立つ。石に刻まれた文字を読もうとするが、意味はわからない。もしユリアンヌが言っていた通り墓であるのなら、中には死体が入っているはず。しかもジラール家に縁《えん》のある者である可能性が高い。

「中を確認しますか？」

拘束を終えたグイントが、背後から声をかけてきた。

「頼む」

貴人の墓なら罠があるかもしれないので、グイントに任せることにした。

石の柩や床を叩き、耳をあてたりして確認しているようだ。すぐに発動する罠はなかったようで、グイントは柩の蓋を少しだけ動かそうとしたが、どんなに力を入れても動かない。体重をかけて押しても同様だ。

「鍵でもかかっているのか？」

「違うと思います。何というか、空間に固定されているといった感触なんですよ……」

途方《とほう》に暮れているグイントの代わりに、俺が蓋を触ってみる。

ひんやりとした硬質な感触がした瞬間、柩に刻まれた文字が淡《あわ》く光った。

「え、え⁉」

様子を見ていたグイントが驚きの声を上げる。

表には出さなかったが、俺も似たような感情だ。

部屋の天井も光り出して周囲が見渡《みわた》せるようになった。

「ジャック様、大丈夫ですか⁉」

「旦那様ッ‼」

異変に気づいたアデーレとユリアンヌが慌てながら、俺に向かって走ってくる。

「大丈夫だ」

と言っても、二人は止まらない。

勢いを殺すことなく同時に抱きついてきた。

「おい、危ないだろッ‼」

押し倒されそうになったので、魔力を使って身体能力を強化し何とか耐《た》えた。迷惑なことに俺の取り合いを始めたようで、片手でお互いの顔を押して、突き放そうとしている。さらに取っ組み合いまで始めてしまった。顔を近づけて歯をむき出しにしている二人を見たグイントは、呆《あき》れた表情をしていた。

このままだと、せっかくまとまっていたチームの連携《れんけい》が崩れてしまう。

「醜《みにく》い争いは止めろ」

ピタリと、二人の動きが止まった。怯《おび》えたような顔をして俺を見ている。

ここで俺がハッキリとした態度を見せなければ、無駄な争いは永遠に続いてしまうだろう。

「俺は仲間割れが嫌いだ。協力し合えないのであればジラール領から出ていけ」

厳しい言い方ではあったが、言わないわけにはいかない。

色んな敵から狙われているのに、仲間同士で争うなんて余裕はない。それを理解してほしかった。

「ごめんなさい」

「もうしません」

アデーレが先に、続いてユリアンヌまで謝罪の言葉を口にした。

もしこの場で反発するような態度を取るのであれば、本当に二人とも追い出すことも覚悟していたが、杞憂《きゆう》だったみたいだな。

「もう二度と、俺の前でいがみ合うなよ」

これで大丈夫だろう。もし二人の関係が悪化するようであれば、別の手を考えるまでである。

「よし、開くかどうか試してみよう」

柩に刻まれた文字は光ったままだ。気持ちを切り替えて重い蓋を押してみると、少しだけ隙間が作れた。顔を近づけて中を覗いてみるが暗くて見えない。周囲に変化はなく、罠はなさそうである。

さらに蓋を押すと、白骨化した死体が一つ見つかった。

「ッ!!」

怯えたグイントが俺に抱きついてきた。

本人は無意識のうちに行動しているんだろうが、同性への接触頻度《ひんど》が高い。だから、不幸エロイベントなんて起こるんだよ。

また欲情しそうになったので根性で気持ちを落ち着けてから、優しく体を触って離す。

「墓というのは、間違いないようだな」

長い時間が経過しているようで朽《く》ちかけており、白骨の上には一メートルほどの剣が抱きしめられていた。

「ロングソード……鞘には毒蛇《どくへび》と花、か」

毒蛇と花はジラール家の紋章として代々伝わるモチーフだ。当主によって細かいデザインは変わるため、柩に入っていた武器が誰の者なのか、紋章から推測することができる。

「初代ジラール男爵の武器だな」

肋骨《ろっこつ》を開いて頸部《けいぶ》を広げる蛇は、初代が使っていたデザインである。鱗《うろこ》の色が黄色なのも、屋敷にある歴代の紋章記録と一致《いっち》する。間違いないだろう。

「ここは、ジラール家のお墓なんでしょうか?」

我が家の墓は別にある。

ユリアンヌの疑問には違うと言うべきなんだろうが、白骨が抱えているロングソードの存在は無視できない。

ゲームでは、ジャックの先祖には触れていなかった。実は初代だけ、別の場所に埋葬《まいそう》されていた可能性は残っているのだ。

「そうかもな」

ユリアンヌに返事をしながら、白骨が持っている剣に触れる。

特に異変は感じない。

今のところ、謎《なぞ》の意思や呪いといった類いは大丈夫そうだ。持ち上げると剣を抱きしめていた腕の骨がバラバラになった。

ジラール家を貴族にまで押し上げた初代は、勇敢《ゆうかん》で苛烈《かれつ》な男だったと聞いている。死しても自分が使っていた武器を手放したくない、なんて思っていたのであれば、悪いことをしたな。

畏《おそ》れ多い気持ちを抱きながらも、鞘から剣を抜いて刀身を見る。

「……美しい」

長い年月が経《た》っているはずなのに、ロングソードは錆《さ》びていない。黒い中に赤みを感じる刀身には、植物の形を模した細かい溝《みぞ》が彫られていた。敵を斬りつければ溝にそって血が流れ込む仕組みになっていそうだ。

肉体を斬れば斬るほど赤い花が咲《さ》く。

そういった、残酷《ざんこく》な芸術性をあわせもっている。

「素材は何でできているのでしょうか。金属ではなさそうですね」

美しさよりも実利を取りそうなアデーレが、刀身をじっくりと見ながら呟いた。

「わからんが、上位魔物の素材を使っているんだろうな」

牙《きば》や爪《つめ》、鱗といった素材を加工して、特殊《とくしゅ》な武器を作る方法がある。初代の時代には確立していた技術だったので、まず間違いないだろう。

「これほど実用的で美しい剣は見たことありません。さすが、旦那様のご先祖様が使われていた武器ですね」

ユリアンヌは、うっとりとしているような目をしていた。

騎士家の娘《むすめ》として、様々な武器を見る機会があったであろう彼女が言うなら、非常に珍しい剣だと判断していいだろう。武器として使っても、売っても、俺のためになるとは、良い物を見つけた。

裏切り者を見つけて宝まで手に入れたのだから、笑いが止まらん。

ご先祖様には感謝せねばならんなッ!!

「コイツの能力を試してみるか」

ヒュドラの双剣のように特殊な効果があるかもしれん。

刀身に魔力を通してみると、刀身に彫られた溝が脈動し始める。あまりの禍々《まがまが》しさに手から離してしまいそうになった。

俺の持っているゲーム知識には、初代の武器や脈動する刀身に関するものはない。この遺跡もそうなんだが、『悪徳貴族の生存戦略』内で省かれていた描写《びょうしゃ》が多すぎて、困るな。

世界を完全に再現したゲームだなんて不可能なのはわかるが、初代ジラールの武器ぐらい設定集に残しておけよ。

「……なんだか、危険そうな武器ですね。見ているだけで怖いです」

一番まともな感性を持っているグイントが、怯えた声で言った。

これが普通の反応だろう。

領民の前で初代の剣を使ったら、悪名が広がってしまいそうだな。使う場所は選んだ方が良さそうである。

「試しに斬ってみる」

幸いなことに、ここには無力化した敵が二人と死体が三つある。斬る相手には困らない。

まずはアデーレが斬り殺した戦士の前に立つと胴体《どうたい》を突き刺す。革鎧を豆腐《とうふ》のように貫くと、床まで抵抗なく貫通《かんつう》した。

脈動している溝が血を吸い上げると刀身に赤い花が咲く。俺は、この剣について少し勘違いしていたようだ。

血が流れ込むのではなく吸い取る。

刀身が傷口に当たっているだけで、相手は失血していく仕組みのようだ。しかも血は握っている柄にまで行き渡り、そこから腕を通して傷ついた俺の体が癒《い》えていく。何かが体に入り込んでくる感覚があったが、すぐに消えたので気のせいだろう。

剣全体にあった細かい傷がなくなったので、刀身すら修復する効果もあるようだ。

一般《いっぱん》的なゲームと違って、『悪徳貴族の生存戦略』に回復魔法は存在しない。高価なポーションでしか傷は癒やせないからこそ、吸血による回復効果は魅力《みりょく》的だ。

初代が愛用し続けていたであろうこの武器は、もう手放せないな。

生き血をすすって、傷を癒やし、剣自身も若返る。

「ヴァンパイア・ソード……」

なぜか脳内に、この言葉が思い浮かんだ。

しっくりとくると同時に、ヴァンパイア・ソードが愛しく感じてしまう。

誰にも使わせたくない。

発見したときよりも、俺のものだという思いが強くなった。

「美しくて恐ろしい武器に、ふさわしい名前ですね」

ユリアンヌはヴァンパイア・ソードから目が離せないようだ。アデーレは普段通りだが、グイントはさらにビビって柩から離れようとしない。三者三様の反応をしていた。

「調査はもういいだろう」

ヴァンパイア・ソードを鞘にしまうと、柩の蓋をしめる。

ご先祖様よ。武器は勝手に使わせてもらうから、静かに眠《ねむ》っててくれよ。

「アデーレはエールヴァルトを、ユリアンヌはスペンサーを担いでくれ。地上に戻るぞ」

グイントと俺が先に階段を上る。地上に出ても誰もいない。アデーレとユリアンヌも付いてきたので、遺跡の入り口まで戻った。

「人の気配がします」

急にグイントが立ち止まり、小声で呟いた。

魔物ではなく人か。遺跡は森の中にぽっかりと空いた空間にあるため、周囲は木に囲まれており、姿を隠すところはいくつもある。

居場所は、わからない。

目配せをしてアデーレとユリアンヌに、敵の存在を伝える。

捕《つか》まえた二人の男を地面にドサリと投げ捨てると、アデーレは紅い双剣を持ち、ユリアンヌは槍を構えた。

しばらく様子を見ていると、正面から草を踏む音が聞こえて、木の陰《かげ》から人影が姿を現す。

総勢で五人。そのうち四人は遺跡の地下で戦った戦士と同じような軽装だ。冒険者ではなく、商人が雇《やと》う私兵という見た目である。ヴェルザ商会が雇った襲撃部隊だろう。

先頭を歩く残りの一人は、金属鎧を身につけ、フルフェイス型の兜《かぶと》をかぶっている。手には短槍《たんそう》と盾《たて》を持っていて、ブドウのような紋章が描かれていた。

装備の質からしてわかる。あれは間違いなく騎士だ。

「お父様……」

なんだと⁉

実の娘であるユリアンヌが、間違えるとは思えないが信じられん。

動揺している俺を無視して騎士が話しかけてきた。

「ユリアンヌ、元気そうだな」

正体を隠すつもりはないみたいだな。声からしてヨンなのは間違いなさそうだ。理由まではわからないが、最悪の場合ユリアンヌも裏切り者である可能性が浮かび上がる。

俺やアデーレ、グイントは彼女から距離を取った。

「家に帰ったのでは、ありませんか？」

「……途中で、命令を受けてな」

会話をしながら、ヨン卿は盾を前に出して短槍を構えた。

命令というのは、俺への敵対行為だろう。この場にヨンがいるのだから、デュラーク男爵が裏で暗躍《あんやく》しているのは間違いない。

「この件は、ベルモンド伯爵へ報告させてもらうぞ」

探りを入れるため、娘と父親の会話に割り込んで、文句を言ってみる。

寄親《よりおや》を持ち出したことで、どんな反応をするだろうか。出方次第で対応が変わる。

「報告すれば守ってもらえるとでも？　その考えは甘いですね」

この反応からして、デュラーク男爵はベルモンド伯爵にまで、話を通していると考えたほうが良い。

周囲にいる全員が俺の死を望んでいるようだ。

…………上等じゃないか、逆に俺が全員を殺してやるッ！

「お父様、考え直してください!!」

正体を明かして攻撃の準備をしているんだ。何を言っても止まらないことは、ユリアンヌだってわかっているはず。それでも説得しようとしてしまうのは、目の前の光景を信じたくないのだろう。

甘いな。日本で生きていた頃《ころ》の自分を見ているようで、虫唾《むしず》が走る。

家族だろうが、人は容易に裏切るのだ。無条件で信じるなんて愚《おろ》か者がする行為であり、弱さにつながる。だからこそ、誰が裏切っても一人で生きていける強さを身につけなければならんのだ。

「ユリアンヌ。手伝えと言わないが、邪魔だけはするなよ」

娘の声を無視してヨン卿が走り出そうとしたが、そんなこと俺がさせない。なぜジラール領が狙われているのかなどという理由は後回しにして、今は目の前の敵を倒そうじゃないか。

『シャドウ・ウォーク』

自分の影に沈み、ヨン卿の影から浮かび上がる。

完全に不意を衝いた形で鉄の双剣を突き刺そうとするが、驚くべき反応速度で対応したヨン卿が、盾を間に滑《すべ》り込ませた。

金属音がして、鉄の双剣が弾かれてしまう。

体勢を崩してしまった隙を狙われて、ヨン卿が連れてきた戦士の一人が剣を振り下ろしてくるが、アデーレとグイントが防いでくれた。

ユリアンヌは……動かないか。

俺とヨン卿を交互《こうご》に見ていることから、どっちに加勢するか悩んでいるのだろう。裏切り者として、俺の背中を狙っていたわけじゃないことに、少しだけ安堵《あんど》した。

「雑魚は任せたッ！」

あえて声を出して、ヨン卿が連れてきた戦士たちを挑発《ちょうはつ》する。少しでも冷静さを奪えたのであれば良いのだが。

短槍が迫ってきたので左の剣で受け流してから、一歩前に踏み込んで右手の剣を振り下ろす。

盾に当たってしまったが、これでいい。懐に入ったので、短槍は動かせず盾も使えない。隙だらけだ。

俺は左手に持った剣を腹に向けて突き出そうとする。

その瞬間、ヨンの魔力が高まった。

魔法が発動される兆候だ！

『ショック・ウェーブ』

見えない衝撃《しょうげき》を受けてしまって後ろに吹き飛んでしまった。威力《いりょく》は弱かったのでダメージは受けていないが、数メートルほどの距離ができてしまう。

油断していたつもりはなかったのだが、魔法を使えるとは思わなかったぞ。

双剣ではなく短槍の間合いだ。懐に入りたいのだが、ヨンが連続で突きを放ってくるので、前に進めない。一撃が速く、重いので、鉄の双剣で受け流してもジリジリと追い詰められていく。しかも武器の性能差も大きいようで、鉄の双剣の刀身にヒビが入っている。破壊されるのも時間の問題だ。

「お父様！　止めてください！」

泣きながらユリアンヌは叫んでいるが、ヨン卿は止まらない。感情を押し殺して、仕えている主のために戦う騎士、といった感じだ。

この姿を見て素晴らしいと褒《ほ》めるヤツもいるかもしれないが、俺から見れば搾取《さくしゅ》されている哀れな男にしか見えん。前世にいた社畜《しゃちく》と同じだろうよ。

「娘を悲しませ、俺を裏切ってまで、やるべきことなのか？」

時間を稼げればと思って聞いてみた。

「すべては主のためだッ！」

「その主ってのは、お前に何をしてくれた？　騎士という立場を与えて、多少の金を払《はら》っているだけじゃないか？」

騎士として仕える、なんて心地の良い言葉に騙《だま》されてはいけない。金を払うから武力で守れという取引でしかないのだからな。

「お前がユリアンヌを悲しませているこの瞬間、主ってのは女を抱いてよろしくやってるかもしれんぞ。それでも、この仕事をやり通す価値があると思ってるのか？」

他人が大切にしているものを侮辱《ぶじょく》すればどうなるか。目の前のヨン卿が答えだ。

「お前に何がわかるというのだッ！」

怒りを露《あら》わにしながら連続の突きを放ってきた。来るとわかっていたので、タイミングを合わせて魔法を使う。

『シャドウ・バインド』

俺の影が伸びてヨン卿の腕に絡みついた。

穂先が眼前で止まる。

「わからないし、わかりたいとも思わない」

ヨンの懐に入り込み、双剣を並行にして空いている脇腹《わきばら》に叩き込む。

パキンと高い音がして刀身が砕《くだ》けた。ヨンの鎧には傷すらつけられていない。

安物では激しい戦いに耐えられなかったか！

このままでは一方的に攻撃されてしまう！

内心で焦《あせ》りつつ、使い物にならなくなった双剣を手放して、大きく距離を取る。

「我が主から賜《たまわ》った鎧は、お前ごときには壊せんッ！」

影を無理やりに引きちぎって拘束から抜け出したヨンが、短槍と盾を前に出して突進《とっしん》してくる。横に避けようとしたが隣に木があって、動けない。

もしかして、この状況を狙っていたのか⁉

怒っていると見せかけて冷静に俺を追い詰めたヨンの穂先が、俺の胸を貫こうとしている。

とっさに上半身をひねり、ブレストアーマーの表面を削《けず》りながらも、短槍の穂先を回避。しかしワンテンポ遅れてきた盾までは、避けきれなかった。

吹き飛ばされてしまい宙を舞《ま》う。体勢を整える余裕なんてなく、頭から衝突《しょうとつ》しそうだったので腕を犠牲《ぎせい》にして着地するしかできなかった。ゴロゴロと転がって、木にぶつかる。

「ゴフッ、ガハッ、ガハッ」

咳き込みながら血を吐き出してしまう。どうやら、あばらと左腕が折れてしまったようだ。

すぐにヨンの追撃がきてしまうので、立ち上がらなければいけないのだが、痛みによって体の動きは鈍《にぶ》い。木に寄りかかりながら正面を見ると、眼前にヨンがいた。

「抵抗しなければ、すぐに死ねます。観念してください」

セラビミアは俺を仲間に引き込もうとしていたが、ヨン卿は本気で殺そうとしている。

やはりデュラーク男爵は俺の死を願っているようだな。ったく、敵の多い領地だ。生きて屋敷に帰れたら、眠り続けている両親に思いつく限りの罵声《ばせい》を浴びさせてやりたい。

「するわけないだろ。俺は最後まで抗《あらが》う」

痛みに耐えて口角を上げながらヴァンパイア・ソードの柄に手をかけると、抵抗の意志ありとみてヨンが短槍を後ろに引く。

「いいでしょう。やって見せてください」

ゲームでも騎士は強キャラ扱《あつか》いされていたので、今の俺では攻撃を完全に避けることはできないだろう。

致命傷を避けてからヴァンパイア・ソードで攻撃し、どうにかして血を吸う。

勝ち筋は、これしかない。

一瞬《いっしゅん》の動きも見逃《みのが》さないため、迫り来る穂先に集中する。

狙いは顔か。

どこに当たっても致命傷になるが、かわしやすい。首を傾《かたむ》けて回避し、倒れながら剣を抜き足を斬ろう。と考えていたら、ヨンの動きが急に変わった。横を向いたので俺も見る。ユリアンヌが槍を投擲しようとする姿があった。

ヨンは即座《そくざ》に盾を前に出して槍を防いだが、勢いまでは殺しきれなかったようで、体ごと吹き飛ばされる。

「……まさか」

ユリアンヌが父であるヨンを攻撃したのか？

ありえないッ！

最初に戸惑《とまど》い、戦うことを選ばなかったアイツが、父親に手向かうなんてできないはず！

「旦那様……」

太陽のように明るいと思っていたユリアンヌだが、今は泣きそうな顔をしている。目からは涙が流れ落ち、戦えそうな状態ではない。それでも俺を助けるために槍を投擲したのだから、彼女が裏切る心配はしなくても良さそうだ。

「私は、私は……婚約者失格です。ジラール家に入ると決めたのに、父様と戦うのを躊躇《ためら》ってしまいました」

別の家に嫁いだのであれば、実家の両親ですら敵に回す覚悟が必要だ。ユリアンヌはようやく、その覚悟というのができたようである。

「今のお前は、どこの人間だ？」

「ジラール家です。旦那様」

涙を拭《ふ》くと、ユリアンヌは迷うことなく答えた。

覚悟を決めた人は強い。この戦いで活躍してくれることだろう。

「ジラール家の一員となる私の覚悟を、見届けてくださいっ！」

落ちていた槍を拾うと、吹き飛ばされたのに平然と立ち上がるヨンを睨《にら》みつけ、走り出した。

長さは違うが、お互いに槍を振るって戦っている。戦況《せんきょう》はややヨンが有利といった感じだろうか、ユリアンヌは攻めきれないでいた。

仲間の様子を確認するため、アデーレとグイントの姿を探す。

ヨンが連れてきた戦士は一人しか残っていなかった。四対二だったので心配していたが、アデーレ相手では勝負にならなかったのだろう。グイントはなぜか、上半身の防具が半壊していて服は破けているが、大したケガはしていないようである。

不幸エロは、こんな時にも発動するのかよ。

空気ぐらい読んでほしいものだな。

ヴァンパイア・ソードを抜いて、刀身を引きずりながらヨロヨロと歩く。アデーレが殺したと思われる首なし死体の前に立った。

「血を、よこせ」

革製の防具を容易に貫いて、血が集まっていそうな心臓に突き刺さった。

刀身に彫られた溝が脈動すると、血を吸い上げていく。柄にまで回ると握っている右腕から順番に傷がなくなっていき、あばら骨が元に戻る。だが、死体が干からびるまで血を全部吸い取っても、左腕は折れたままで内臓の痛みも続いていた。

「まだ足りない。もっと血を吸わなければ」

さっきよりもしっかりとした足取りで、死体が転がっている場所に立つ。首筋に一本の斬り傷があるので、グイントが急所を狙って攻撃したのかもな。

——血がなくなる前に吸うんだッ！

心臓にヴァンパイア・ソードを突き刺すと、血を吸い上げて刀身に赤い花が咲く。傷も癒えていくが、まだ足りない。最後に残っていた死体からも血を吸い取ったが、完治しなかった。

死体から血が流れ出ていたため、量が足りなかったんだろうな。やはり生きているヤツから吸い取らないと。

「うぉおおお！」

アデーレとグイントの猛攻《もうこう》に耐えながら、戦士の一人が叫んでいた。

まだ生きていたのか。

ちょうどいい。

魔力を貯蔵する臓器の力をすべて開放して、全力で走って戦士の背後を取る。俺の存在に気づいたようで、首を動かして後ろを見たが……遅い！

「その血、いただくぞ！」

斬ってしまえば血が飛び散ってしまうので、背中を突き刺す。引き抜くなんてことはせずに、足払《ばら》いをして押し倒した。

逃げ出そうとしたので足で踏みつけていると、肌から水分がなくなっていく。

数十秒で干からびてしまった。

ヴァンパイア・ソードは喜んでいるのか、血を吸い取ったのにもかかわらず、刀身の赤い花は咲いたままだ。死体から剣を引き抜いて、天に掲《かか》げる。

「……美しい」

思わず出た言葉であった。

「ジャック……様？」

困惑《こんわく》した表情を浮かべながらアデーレが呟いた。

「どうした？」

どこからかわからんが力が湧《わ》いてくるような感覚があり、気分が良い。アデーレの目を見ながら優しく返事をしてやったのだが、知らない人間を見ているような、そんな警戒心を隠そうとしない。

せっかく気を使ってやったのに。

護衛が俺を警戒してどうするんだよ。

普通は逆じゃないか？

仕事はできると思っていたのだが、注意してやらないといけないな。ついでに、俺への護衛意識が高まるよう、調教でもしてやるか。アデーレに手を伸ばすと、グイントに声をかけられる。

「ジャック様、目が…………」

「なんだ？　言いたいことがあるなら……」

上半身の服がやぶけたグイントに目をやった瞬間、性的な魅力を感じてしまった俺は、その両肩を摑んだ。

「はっきりと言えよ」

「え、ジャックさ……ま？」

逃げようとしているが無駄だ。俺には逆らえないと、教育する必要があるみたいだな。

ゆっくりと顔を近づけようとする。グイントは小ぶりのナイフを間に入れて、身を守ろうとした。

この程度で俺が止まるはずが……って、なんだこれは⁉

刀身に白目の赤くなった俺が映っていた。

何が起こったんだ！

グイントの肩から手を離すと後ずさる。

俺はさっきまで何を考えていた……？

アデーレを調教して、グイントを教育するだと？

なぜだ？

あの二人は充分な働きをしているのに。

——もっと血を吸わせろ。

脳内に響《ひび》き渡った言葉は俺のものではない。

——体をよこせ。

ケガをしているときは意識が朦朧《もうろう》としていたので気づかなかったが、右手に持つヴァンパイア・ソードから聞こえている。

声の正体がわかった瞬間、思考がクリアになって、血への衝動《しょうどう》が収まった。クソッ、縁のある武器だと思って油断していた。初代ジラールが使っていた剣は、呪われていたのか。

だから一緒に埋葬されたと。

今思えば、離さないようにヴァンパイア・ソードを抱きしめていたことにも、意味があったのかもしれん。強い衝動に従っていたら、血を求めるだけの剣に全てを奪われるところだった。

この武器は危険だ！

投げ捨てようとしたが動かない。右手を見ると、手の甲に刀身と同じような赤い花があった。

「……俺の体を浸食《しんしょく》しているのか？」

血の気が引いた。俺の異変にいち早く反応したアデーレが、俺の手に触ってヴァンパイア・ソードを離そうとするが、びくとも動かない。グイントも手伝ってくれるが状況は変わらなかった。

ピタリと手に吸い付き、離れてくれないのだ。

呪いの装備は外せない。

別の武具だったがゲームにあったな、そんな設定。解呪《かいじゅ》するには特別な道具が必要ではあるが、手に入れるのは困難な上、呪いの解除に失敗することもある。

しばらくは、この呪いと付き合う必要がありそうだ。

「俺のことはいい。ユリアンヌを助けに行くぞ」

ヴァンパイア・ソードに意識を持っていかれそうになっていた間にも、ヨンとの戦いは続いていた。劣勢だったのは変わらず、ユリアンヌは全身に傷を負っている。武器に使っていた槍は真っ二つに折られていて、今は剣で戦っているが、負けてしまいそうだ。

「私が行きます！」

ヴァンパイア・ソードを使わせたくないようで、アデーレが紅い双剣を持って飛び出した。だが、高速で振るわれる剣を、ヨンは盾で防ぎきってしまう。

あの動きについて行けるか。

騎士は強い汎用《はんよう》キャラクターではあったが、アデーレと互角《ごかく》以上に戦える能力はなかったはず。ヨンが『悪徳貴族の生存戦略』に登場していなかったこともあり、憶測《おくそく》でしかないのだが、ネームドキャラと同じ強さを持っているのかもしれない。

パーティプレイが前提のゲームだったので、敵キャラのネームドと同じレベルの場合、アデーレ単体だと負けてしまう可能性もある。助けなければ。

「俺も行く。グイントは、アイツらが逃げ出さないように見張っておいてくれ」

急に襲われて忘れていたが、こちらにはスペンサーやエールヴァルトといった人質がある。ヴェルザ商会のヤツらが奪い返そうとしてくるだろうし、見張りは必要だ。

「でもジャック様、大丈夫なんですか？」

また呪いに思考を奪われてしまうのではないかと、心配そうに見ている。右手の甲を見れば赤い花の絵は描かれたままであるが、意識は今まで通りだ。血さえ吸わなければ現状は維持《いじ》できるだろう。

何とかなる……いや、しなければならない！

「大丈夫だ。すべて俺に任せろ」

安心させるために口角を無理やり上げて笑っているように見せてから、走り出す。

ケガは完治して全力を出せる状態であり、絶好調だ。ユリアンヌとアデーレの猛攻に耐えているヨンの背後に回ると、ヴァンパイア・ソードを振り下ろす。

不意打ちできたと思ったのだが、横に飛んで転がりながら回避されてしまう。立ち上がろうとしている隙を狙って、大きく一歩前に出てから突きを放つ。盾で受け流されてしまうが、これは予想通りである。

むしろ体を貫いて、血を吸ってしまう方が問題だ。

「たぁああ！」

声を出しながら高く跳躍したアデーレが襲いかかった。

ヨンは動けないので腕を上げて剣で防ぐ。

脇腹が空いた！

覚悟を決めたユリアンヌが、剣を横に振るってヨンの体を叩く。鎧が凹《へこ》み、吹き飛ぶと、強い衝撃によって兜が外れる。痛みによって顔を歪《ゆが》ませていた。骨ぐらいは折れているだろう。

「よくやったッ！」

親を攻撃してしまったと後悔する前に大声で褒めて、行動を肯定《こうてい》した。

倒れたヨンにトドメを刺すべく、アデーレは双剣をくるりと回転させて逆手で持つと、前のめりになって走る。魔力を全開放しているようで動きは速い。

だが、頑丈《がんじょう》な鎧が変形するほどのダメージを受けたはずのヨンは、既に立ち上がって盾を構え、待ち構えていた。

紅い双剣では盾を突破するのは難しいと思ったのか、アデーレは跳躍してヨンを飛び越えて後ろに回り込む。背中はがら空きだ。首筋を狙って突き刺そうとした。

『ショック・ウェーブ』

魔力の動きを感じたのか、アデーレはとっさに腕を交差させて顔を守ると、見えない衝撃を受けた。枝を折りながら後方に吹き飛ばされる。

接近戦だけでなく、魔法まで使えるヨン卿は強い。さすがネームドキャラ級である。

「この程度の実力しかないのですか？　私ごときを倒せないようであれば、デュラーク男爵には勝てませんよ」

ヨンが魔力に殺気をのせたようで、空気がピリピリとしている。起き上がったアデーレが攻撃を中断してしまうほどであり、空間全体が重くなったように感じた。

「何を言っている。お前を倒せばデュラーク男爵との争いは終わりだ」

デュラーク男爵は俺を殺そうとしているが、正面から争うつもりはないはず。強引に領地を奪い取ろうとすれば、王家や他の貴族からの非難は避けられないからな。ヨンとの戦いが終われば、寄親のベルモンド伯爵もしくは王家を経由して、和解することにはなるだろう。

「甘い、甘いですぞ。ジラール男爵」

「何が言いたい？」

話している間にユリアンヌとアデーレ、そして俺がヨンを囲む。

三人同時に攻撃すれば、魔法で攻撃されたとしても突破できるはずだ。

「ジラール家の置かれている環境《かんきょう》は、貴方の想定より悪いのですよ」

セラビミアの視察が終わって、ジラール領は問題ないと報告されたはずだ。状況は改善されていると思っていたのだが、俺の勘違いだったのか？

他領との交流が少ないこともあって、周囲がどう思っているかなんてわからないのだ。

「どういうことだ？」

「ここを狙っているのは、デュラーク男爵だけではありません。ベルモンド伯爵や王家も注目している土地、それがジラール領なんです」

「ッ……‼」

驚いて言葉が出ない。争いを止めてくれるであろう寄親や王家ですら、俺の土地を狙っているのだ。ヨンを倒したことをきっかけに、デュラーク男爵が戦争を仕掛けてくる可能性すら見えてきたぞ。

しかも相手の後ろにベルモンド伯爵や王家がいたら、勝てるはずがない。詰み。そんな言葉が脳裏に浮かぶ。

「どうして、俺の土地が狙われる？」

こんな田舎の領地を手に入れたって、大した金にはならない。ベルモンド伯爵なんて飛び地になるのだから管理の手間が増える分、赤字になるだろう。ジラール家を滅ぼしてまで手に入れたいとは思えない。

「さぁ。私にはわかりませんし、恐らくデュラーク男爵やベルモンド伯爵もわからないでしょう」

「理由もなく、我が領地を襲うと？　めちゃくちゃじゃないかッ！」

「ジラール男爵のおっしゃる通りです。盗賊《とうぞく》と変わらない、道理のない唾棄《だき》すべき行為です。彼らもそれはわかっているが、止められない」

「なぜだ……」

「勇者セラビミア。彼女がここの土地に注目している、いや執着《しゅうちゃく》しているから、欲しがっているんですよ。デュラーク男爵なんかは、この土地に莫大《ばくだい》な財宝が眠っていると思い込んでいるみたいですが」

ここでセラビミアが出てくるのかよ！　あの死神がッ‼

ジラール領や俺を調べるために動いていたことを、王家やベルモンド伯爵に知られたか？　しっかりしているように見えて、うかつなヤツだ！

「だから大勢の命を犠牲にしてまで欲しがると？　馬鹿みたいな話だな！」

「同感です」

そろそろ会話を終わらせるつもりなのか、ヨンは半身になって短槍を構えた。

「ですが、私はデュラーク男爵に仕える身。どんな理由があっても従うまでです」

「お父様ッ‼」

ついに我慢《がまん》できなくなったようで、ユリアンヌが叫んだ。覚悟がブレたわけではなく、ここが最後のチャンスだと思ってのことだろう。

「お前は、どこの家の人間だ？」

そんな娘にヨン卿は冷えた声で言った。

優先し、味方するべき相手は誰かと。

「………ジラール家です」

「そうだ。お前は婚約者という身分ではあるがジラール家に嫁いだも同然。もう、フロワ家のことは忘れなさい」

諭《さと》すように優しい声色で言ってから、ヨン卿は視線を俺に向ける。

「ジラール男爵」

「なんだ？」

「ユリアンヌは肉親である私を手にかけるほどの覚悟があります。貴方を裏切るようなことはしないでしょう」

俺の性格を良く知っているじゃないか。親を殺す覚悟をしてでも裏切らないのであれば、婚約破棄なんてできない。もしヨンを倒した後にユリアンヌを捨ててしまえば、俺が大っ嫌いな裏切り行為をすることになるからな。

「何が言いたい？」

「娘を……頼みます」

急にヨンの魔力が高まった。

魔法が来るッ！

『ショック・ウェーブ』

背後を狙って動こうとしたアデーレと俺に衝撃波《しょうげきは》が襲う。両腕を前に出しながら前傾《ぜんけい》姿勢で耐えたが、アデーレは吹き飛ばされてしまった。

唯一、自由に動けるユリアンヌが走り出すと、ヨン卿の腹に剣を突き刺す。

「ゴフッ」

避けることはできただろうにヨンは動かなかった。鎧の隙間に刃が食い込んで、赤い血を吐き出す。手で傷口を押さえながら膝をついてしまった。

「お父様！　なんで！　私の攻撃なんて防げたはずなのにっ！」

ユリアンヌは剣を手放してヨンを抱きしめた。娘が裏切り者でないことを証明するために自らの命を使ったのか？　家族と一緒に逃げ出す選択もできただろうに。バカな男だ。

血によって赤く染められた手で、ヨンはユリアンヌの頬を触る。

「お前の攻撃は見事だった。私を超《こ》えるほどにな」

言い終わると俺を見る。

娘は騎士を倒すほどの力があり、自分を殺すことで、ジラール家への忠誠心を示したぞ。とでも、言いたそうな顔だ。

これも一種の親馬鹿とでも言うのだろうか？

常人ではマネできないほど愛情が深い。ヴァンパイア・ソードを手に持ちながら、腹に剣が刺さったヨンの前に立つ。

「旦那様……」

瞳《ひとみ》が揺れていて、ユリアンヌは不安そうにしている。父親を助けてほしいが、口に出してはいけないとでも思っているだろうな。

「ヨン卿、いくつか質問がある」

「何でしょう……か」

「なぜ、この森にいる？　最初から俺を裏切るつもりだったのか？」

「デュラーク男爵から……使いの者がきました。その時に……すべてを知らされたのです」

この話が本当であれば、事前に何も知らされてなかったことになる。俺に反抗《はんこう》したのはムカつくが、被害者《ひがいしゃ》の立ち位置だ。

話を続けたいところだが、ヨン卿から流れ出ている血の量がヤバイ。途中で力尽きてしまうかもしれないので、先に傷を癒やす必要があるだろう。

俺が持っている五級のポーションを傷口に振りかけても意味はないだろうし、ヴァンパイア・ソードは呪われているので手から離れない。

「話を聞く前に傷を癒やせ。回復ポーションは持ってないのか?」

ヨンは首を小さく横に振って否定した。

最初から生き残るつもりがなかったのかもしれないな。その潔さは認めるが、全員がそんな覚悟を持って戦場に出られるはずがない。

視線をグイントの方に向ける。

「あのデブならポーションを持っているかもしれない! アデーレも協力して、急いで調べろ!」

もし俺の予想が外れて、スペンサーたちがポーションを持っていなかった場合、ヨンは死んでしまうかもしれない。グイントたちが調べている間に会話を再開しよう。

「知っていることを、最初からすべて話せ」

「……デュラーク男爵から『隣の領地と良好な関係を築きたい』と言われ、婚約者の候補として似顔絵をお送りしました」

「それを信じたのか」

「はい。ジラール領は当主が変わったと聞いていましたので、自然な動きですし、裏はないと思いました」

当主になれば跡継ぎが求められる。婚約者すらいなかった俺は貴族としては異端《いたん》だったので、デュラーク男爵の言い分はもっともである。

「なるほど。デュラーク男爵は婚姻《こんいん》によって、ジラール家を支配しようと考えていたのか」

「計画の一つに入っていたかもしれませんが、婚約が成立しなくても問題なかったと思います。いや、元々期待していなかったのかもしれません。体に傷がある女性を妻にしたいと思う貴族がいるとは思えませんので」

遠回しに俺が変わり者だと言われてしまったが、事実なので突っ込まないでおくか。

「その通りだな」

「デュラーク男爵からすれば、私がジラール領に入り込めれば、結果はどうでも良かったのでしょう」

俺の領地に入る口実を作りたいがために、フロワ家や俺を騙していたのか。人の心を弄《もてあそ》ぶ最低な計画だ。

ユリアンヌが悲しそうな顔をしていることもあって、デュラーク男爵に苛立《いらだ》ってくる。

「ジラール男爵の屋敷を出てデュラーク男爵の使いの者と会った後、ヴェルザ商会と合流。この森にやってきました」

「お前たちは、ここで何をしていたんだ?」

「暗――ゴフッ、ゴフッ、ガハッ」

痛みに耐えて会話をしていたヨン卿だったが、ついに体がもたなくなったようだ。激しい吐血《とけつ》を繰《く》り返して咳き込んでいる。

ポーションはまだかとグイントを見ると、スペンサーを真っ裸《ぱだか》にして物色していた。

「あったか⁉」

「はい！　これかと！」

グイントの手には紅い液体の入った瓶《びん》があった。何級かはわからないが、大切な息子に持たせたんだから四級以上はあるだろう。時間が無いので悩んでいる余裕はない。

「投げろ！」

「は、はい！」

瓶が弧を描きながら俺の所に飛んできた。割らないように優しく受け止めてから蓋を取る。

ユリアンヌが手際《てぎわ》よく鎧を剝《は》ぎ取り、剣の柄に手をかける。ヨンが手を伸ばして邪魔しようとした。

「剣を抜け」

このまま死にたいとでも言うつもりなんだろうが、そんなこと俺が許さん！

「ユリアンヌッ！」

「はい！」

ヨン卿の制止を無視して剣を引き抜いてから、ユリアンヌはヨンの体を押さえた。

血が流れ出ている傷口に急いでポーションをかける。逆再生したような動きで、剣で開けられた穴がふさがっていく。これほどの効果があるなら、四級だったとしてもかなり上質なポーションだったのは間違いない。

「家族を守るため……ジラール男爵の期待を裏切った私は…………ここで死ぬべき……」

「黙れ！」

クソみたいな計画に従ったのは、デュラーク男爵の領地に残した妻のためだったと、言い訳するつもりか？　俺は、そんなことでは納得しない！

デュラーク男爵に騙され、都合の良いように使われたまま死ぬなんて許せんのだ。

忠誠を誓《ちか》っていたのに裏切られたんだろ？

悔《くや》しいと思わないのか？

家族を言い訳にせず抗《あらが》えよ！

「お前の考えなど知らん。俺は、これから家族になる女の親を助けるだけだ」

このままヨンを裏切り者だと処分すれば、ユリアンヌとの間にしこりが残る。それは時間をかけて大きくなり、いつか裏切りの動機になるかもしれない。

それにだ。裏切られたまま死ぬという結末自体が気にいらん。

裏切り者には復讐するべきであり、ヨンはまだ死ぬべき男ではないのだ。


しばらくするとヨンの呼吸が落ち着いてきた。顔色は悪いままだが、容体は安定しているように見える。もう死ぬことはないだろうが体力を回復させるために、しばらくは休ませる必要があろう。

「先ほどの質問に答えてもらおう。お前たちは、ここで何をしていたんだ？」

デュラーク男爵の手下が、この森にいた理由が判明していない。

それがわかるまでは尋問《じんもん》を止めるつもりはなかった。

「ジラール男爵の暗殺および、失敗した際には魔物を操って村を滅ぼす計画です。まさか先手を打たれて隠れ家を襲撃されるとは思っていませんでしたが」

計画は二段構えだったのか。

リザードマンと取引していたときは村の壊滅《かいめつ》を優先していたが、今回は俺の命を最優先で狙ってきたようである。

保険として村を狙う理由は明白で、経済的、人的な被害《ひがい》を与えて、ジラール領を荒廃《こうはい》させるつもりだ。そうすれば次の一手が打てる。

「その後、デュラーク男爵が領民を煽《あお》って、ジラール領で反乱でも起こさせるつもりだったのか？」

自滅《じめつ》すれば領地は空白地帯になるので乗っ取るチャンスはでてくる。また俺が死んで婚約者であるユリアンヌが生き残れば、王家や他貴族の横やりを心配せず、勇者が注目しているジラール領を傀儡《かいらい》にできるからな。

その後は、ゆっくりとジラール領内を調査してもいいし、面倒なら勇者と交渉《こうしょう》するカードの一つとして使える。

「恐らくは……」

直前まで何も知らされなかったヨンは断言できないか。

とはいえ、俺の予測が大きく外れてないとわかれば充分である。

「状況はわかったので、そろそろ交渉を――」

したかったんだが、魔物の叫び声が聞こえて中断した。

どうやら話し合いは後回しにしなければいけないようだ。

「魔物を操っている方法は？」

「森の主を奴隷の首輪で制御《せいぎょ》して、配下の魔物を第四村に誘導《ゆうどう》しています」

魔物の種類はわからんが、この森に主がいるのか。強力な魔物を従えるなど、普通なら不可能と言い切ってしまうのだが、攻撃を無効化する人型の影を使えばできるかもしれん。

「随分と好き勝手してくれたじゃないか」

怒りは収まるどころか高まるばかりである。

さっさと領地を荒らしているバカどもを倒しに行きたいのだが、ユリアンヌは動けないヨンの側に置いた方が良いだろう。グイントにもヴェルザ商会のヤツらを見てもらう必要がある。

「アデーレ。俺と二人で行くぞ？」

「もちろんです！」

結局、最後に頼ってしまうのは最強キャラとして愛用していたアデーレだ。彼女さえいれば、どんな困難があろうとも乗り越えられる自信がある。

「いい返事だ」

気合いは入っているようだし、あとは武器の問題を解決すれば大丈夫だろう。

荷袋からヒュドラの双剣を取り出すと、アデーレに投げ渡す。

「これは……」

「魔物の数は多く、強い。今度こそ受け取れ」

紅い双剣では殲滅《せんめつ》力が足りない。一度は断られてしまったが、ヒュドラの双剣はアデーレが使うべき武器である。

「ジャック様はどうするのですか?」

当然の疑問だな。魔物の数は多いと予想されるし、俺が使っていた鉄製の双剣は壊れてしまった。代わりの武器なんて持ってきてない。

「俺には、これがある」

だから危険なヴァンパイア・ソードを使うしかないのだ。

回復効果もあるので長期の戦いには使えるし、多数の魔物相手でも活躍してくれるはず。精神を侵食《しんしょく》するような効果に対しては、気合いと根性で耐えるしかないだろう。

「……わかりました。ヒュドラの双剣は私が使います。だからジャック様は、剣なんかに負けないでくださいね。もし意識を奪われたら許しません。徹底的に叩きのめして、取り戻しますから」

アデーレにボコボコにされるのは嫌だな。仮に体を乗っ取られても、必ず奪い返さなければならん理由ができてしまった。

「……ジャック様」

止めたいが、できない。

そんな感情が含《ふく》まれていそうな声をユリアンヌが出した。魔物と戦いたいと言っていたので、猪《いのしし》のような性格をしていると思ったのだが、ちゃんと自分の立ち位置がわかっているじゃないか。

ユリアンヌに近づくと肩に手を置く。

「俺は負けない。だからヨン卿を頼んだぞ」

「私を独り身にさせないでくださいね」

気が早いな。

もう、結婚《けっこん》しているつもりでいる。

泣き出しそう

なのを我慢しているようだったので、突っ込むようなことはできん。

仕方なく、頭を軽く撫《な》でて返事をしてから離れた。

アデーレと合流して魔物がいる方へ向かおうとすると、グイントが立ちふさがる。

「その剣を手放してください。あまりにも危険ですっ！」

黒い靄を出しながら、涙声で言った。

「俺は大丈夫だ」

静止を無視して前に進むと、黒い靄が俺に触れて浸食して俺の心を惑わそうとしてくるが、気合いを入れれば何とでもなる。ヴァンパイア・ソードに比べれば可愛いものだ。

「ヴェルザ商会のヤツらを逃がすなよ」

すれ違いざまに命令すると、グイントの横を通り過ぎていった。

ここまで言ったのだから、本当にヴァンパイア・ソードに勝たなければ格好がつかんな。

第六章

奴《ど》隷《れい》の首輪

「先行します！」

宣言するとアデーレが走り出したので後を追うと、魔物《まもの》の叫《さけ》び声が近づいてきて、ゴブリンの姿が見えた。

魔物の中でも最弱であるため、尖兵《せんぺい》として使われているのだろう。この奥《おく》には、もっと強力な魔物たちがいるはず。

アデーレは数十匹《ぴき》もいるゴブリンを斬《き》り刻んで、毒殺していく。俺《おれ》が参戦する暇《ひま》すら与《あた》えず死体を量産した。全部は倒《たお》せなかっただろうが、数はかなり減らせたはずである。残りはグイントやユリアンヌ、そして第四村を守っている冒険者どもに任せるとしよう。

俺たちは先を急ぐために再び走り出し、奥に進み木々を通り抜けると、ちょっとした広場にでた。

中心には一体の魔物がいる。

緑と黄が交ざったドレスを着ており、長い緑色の髪《かみ》は光沢《こうたく》を放っていて美しい。やや幼い顔立ちは庇《ひ》護《ご》欲を掻《か》き立てるが、その全身から発する魔力《まりょく》が油断するなと伝えてくる。

この姿は見覚えがあった。

木の精霊《せいれい》とも呼ばれるドライアドだ。

『悪徳貴族の生存戦略』では、気にいった男を見つけたら誘拐《ゆうかい》する、執着心《しゅうちゃくしん》の塊《かたまり》のような存在である。自然を破壊《はかい》するような存在には、手下である魔物を引き連れて襲《おそ》ってくるおっかない魔物としても有名で、森で雑魚狩《が》りをしていたらドライアドの怒りを買って全滅《ぜんめつ》。なんてクソみたいな展開を、何回か経験したことがある。まさか第四村の近くにいるとは思わなかったぞ。

自然さえ傷つけなければ大人しいのだが、今は俺やアデーレに敵意をむき出しにしていた。

原因は、ドライアドの首についている奴隷の首輪だろう。ヨンが言っていた森の主は、ドライアドで確定だな。

奴隷の首輪から三本の鎖《くさり》が伸《の》びていて、三体の人型の影が持っている。鎖には赤い模様が浮《う》き上がっており、何らかの魔法《まほう》的効果を発揮していることがわかった。近くに黒い水晶《すいしょう》を持って操作しているヤツがいるはずなのだが、木々の中に隠《かく》れているようで、見える範囲にはいない。

「森を荒らす人よ、死ぬがよい」

意外にも大人びた冷たい声でドライアドが死を宣告した。

森の奥から角の生えた白馬——ユニコーンやゴブリン、さらにはオーガや人食い鳥が広場に集まってきた。数え切れないほどいる。

「どうします？」

ドライアドの支配がなくなった魔物たちがどう動くかもわからない。最悪、第四村への襲撃《しゅうげき》が激しくなる可能性すらあるので、やるべきことはドライアドの討伐《とうばつ》ではなく、領地を荒らす不届き者の処分だ。

「俺が魔物の群れに突《つ》っ込《こ》む。アデーレは人型の影の術者を探し、殺してくれ」

「危険ですっ!!」

囮《おとり》役をやると言ったらさすがのアデーレも止めるか。

回復機能のあるヴァンパイア・ソードを使えば長く戦っていられるので、その隙に敵を発見、排除《はいじょ》してもらう作戦が、もっとも生存率が高いと思うんだがな。

「俺は最強の師匠《ししょう》に鍛《きた》えてもらった弟子だ。この程度の数で、負けるわけがないだろ」

自信があると見えるように笑って見せたのだが、あまり効果はなかったようだ。アデーレの瞳《ひとみ》はずっと不安でゆれている。言葉では納得してもらえそうにない。

「もう、俺は弱くない!」

だから行動で示すことにした。

近づいてきたゴブリンどもに向けて、ヴァンパイア・ソードを横に振るった。切れ味が鋭《するど》いこともあって、三匹まとめて斬り捨てると、後続のゴブリンに向けて突きを放つ。頭蓋骨《ずがいこつ》を貫通《かんつう》したので、剣《けん》を振って投げ捨て、俺に向かってきていたオーガに当てた。

「どうだ! 俺は強いだろッ!!」

大量の魔物を前にして恐怖心《きょうふしん》は湧《わ》き出てくるが、気合いでねじ伏《ふ》せる。

最強キャラクターに鍛えられた俺も最強である。

それを証明してやらなければ、アデーレは動けないからな。

「ジャック様!」

「俺の名前を呼ぶ暇があるなら動け！　術者は複数いるはずだ！」

「でも！」

「師匠ならできる！　間に合う！　俺を失望させるな！」

残念ながらこれ以上、喋《しゃべ》る余裕《よゆう》はなさそうだ。左右にはオーガ、正面には枝を振り回して攻撃してくる五メートル以上の木の魔物——トレントがいる。囲まれてしまったのだ。

無傷で切り抜けるのは不可能と判断して、前に飛び込んだ。

背後からオーガの振り下ろした木の棍棒《こんぼう》が、地面と衝突《しょうとつ》する音が聞こえた。正面から、槍のように先端《せんたん》の尖《とが》った枝が迫《せま》ってきたので、体をひねってかわそうとするが、左肩を貫《つらぬ》かれてしまう。

ヴァンパイア・ソードで枝を切り落としてから、一歩前に踏《ふ》み込んで上段から振り下ろす。トレントは残っている枝で防ごうとしたが、その程度で止められるほど、この剣は甘くない。枝ごと幹を縦に両断した。

刀身に魔力を流していたが、トレントから血は吸収できず、肩に空いた穴は健在だ。痛みに耐《た》えながら振り返ると、オーガが木の棍棒を横に振るう。

トレントの残骸《ざんがい》が残っているので、後ろには避けられない。跳躍《ちょうやく》すれば空中にいる間に、もう一匹《いっぴき》のオーガが攻撃してくるだろう。

『シャドウ・ウォーク』

魔法を使って自分の影に沈《しず》み、棍棒を振るっていたオーガの背後に浮かび上がるのと同時に、ヴァンパイア・ソードを突き刺す。刀身に彫《ほ》られた溝《みぞ》が、ドクドクと脈動して緑色をしたオーガの血を吸い上げる。緑色の花が咲《さ》くのと同時に肩の傷が癒《い》えていく。ヴァンパイア・ソードが俺の意識を吸血衝動《しょうどう》で埋《う》め尽くそうとするが、気合いで弾《はじ》き飛ばした。

こちとら、伊達《だて》に悪役なんてやってないんだよ！　呪《のろ》い程度に負けてたまるかッ！

血を吸い尽くされて干からびたオーガからヴァンパイア・ソードを抜く。

頭上に棍棒が近づいてきたので、横に飛んで回避《かいひ》。生き残っていたオーガの腕に突き刺すと再び吸血を行う。傷が浅かったので少ししか吸えなかったが、未知なる攻撃をされて警戒したようで、俺から離れた。

ようやく一息つける。

アデーレがいたところを見たら姿はなかった。

ようやく覚悟を決めてくれたみたいだ。

ちゃんと人型の影を操る術者を探し出してくれよ。

迫り来る人食い鳥の群れを見ながら、そんなことを思っていた。

＊＊＊

「師匠ならできる！　間に合う！　俺を失望させるな！」

私を認めてくれたジャック様に、そんなことまで言わせちゃった。師匠として失格なんだけど、後悔や反省は後回しにしないと。オーガやトレントと戦っているジャック様を信じて、私は人型の影を操る術者を探すことにした。

隠れて様子を見ているに違《ちが》いないと思う。

卑怯《ひきょう》なヤツら。

絶対に見つけ出して、殺してやるんだから。

木の後ろに隠れてしゃがむと目を閉じ、耳を澄《す》ます。オーガの叫び声や、ジャック様の息づかい、ドライアドが魔物に命令する声など、色んな音が聞こえてくる。雑音が多すぎて私の耳じゃ、隠れている人の特定はできない。木々の匂いが濃《こ》すぎて鼻も使えないから、遠くから探すのは難しそう。あの魔物の数にジャック様がどこまで耐えられるかわからないし、迷っている時間はない。

急がなきゃ。

目を開いて立ち上がる。

ジャック様の様子を見ると、ちょうどオーガを倒し終えたところだった。血を吸ったみたいだけど、ヴァンパイア・ソードに乗っ取られているようには思えない。武器の持ち主として、しっかりとコントロールしている。

やっぱりジャック様はすごい！

負けてられないと思っちゃう。

信じてくれたジャック様に報いるため、そして師匠としてのプライドが私を奮い立たせてくれる。

「人型の影は動いてない。攻撃に参加させれば、ジャック様を追い詰められるのに？」

ささいな違和感《いわかん》だったけど、言葉に出してみたらどんどん大きくなっていく。

動かせない理由があるとしたら、どんなことだろう?

私が人型の影を操作する立場になったとして考えてみると、すぐにわかった。

安全な場所から監視できる場所にいるはず。周囲は木に囲まれていて視界が悪いから、人型の影を少し動かしただけで姿は見失ってしまう。だから動かせない。

人型の影が見える距離《きょり》でかつ、動かしたら見えなくなるような場所……なんとなくどこにいるのか見えてきた。

だいたいの場所がわかったので、相手にバレないように木を登ると枝から枝へ飛び移って移動する。次第に隠れている人の匂いが濃くなり、そっちの方に向かうと黒い水晶を持っている集団が見つかった。

けど問題はあって、操作している人は一人しかいない。

位置がバレても大丈夫なように、バラバラに配置されているのかな?

護衛は三人ほどで、合計四人。この程度の数なら、すぐに片付けられる。

ジャック様から貸していただいたヒュドラの双剣を握った。

出会ったときと同じように、不思議と手に馴染《なじ》んじゃう。私のために作ったんじゃないかと思ってしまうほど、形や大きさがちょうどいいので、使い勝手は良さそう。

武器に魔力を流すと刀身に液体が浮かぶ。劣化《れっか》したヒュドラの毒が出てきたのを確認すると、木から飛び降りた。

「おまっ――」

声を上げそうだった護衛の男に、ヒュドラの双剣を突き刺してからすぐに走り出す。

狙《ねら》いは黒い水晶を持った女！

前傾姿勢《ぜんけいしせい》になって、すべるようにして走る。

途中《とちゅう》で護衛の二人が剣を振り下ろしてきたけど、動きが遅《おそ》い！

当たる前に通り過ぎると、驚愕《きょうがく》した顔をしている女の首にヒュドラの双剣を突き刺す。毒がなくても致命傷《ちめいしょう》なのは確実。刀身を引き抜いてから振り返り、残っていた護衛の二人をそれぞれ一刀で斬り捨てる。ヒュドラの毒が回ったみたいで、泡《あわ》を吹《ふ》いて死んじゃった。

恐《おそ》ろしいほどの性能……。

剣の腕が鈍《にぶ》ってしまうのを心配してしまうほど。

貴族様の宝物庫に保管されてたのも納得の魅力《みりょく》的な武器だし、それを私に使わせてくれる事実に、ジャック様からの深い愛情を感じる。

大切な指輪ももらったし、ぽっと出のユリアンヌより、私の方が上。絶対に、上だ。

そうだ。余計なことを考えている暇は無かったんだった。

「次の術者を見つけて、殺さなきゃ」

逃げられる前に仕留めないと！

人型の影が一つ消えたことで、動揺する声や息づかいがはっきりとわかるようになった。

ジャック様が言った通り術者は複数いるみたい。

支配力が弱まったのか、ドライアドは残っている人型の影に攻撃するようになったけど、ダメージは与えられていない。敵が動き出す前に急いで殺さなきゃ。

速度を優先するため、走って移動する。

黒い水晶を持った男が見つかったので、足は止めずに護衛の間をすり抜けて、ヒュドラの双剣で突き刺す。こいつも毒で死ぬ。倒れるのを見届ける前に、振り返って護衛たちを次々と斬り捨てる。弱い。

攻撃することすらできずに、受けた傷から毒が回って藻掻《もが》き苦しんでいく。ジャック様の領地を荒らしたんだから、当然の報いだよね。本当はもっと苦しめたかったけど、殺さなきゃいけない人はたくさんいるから、今はできない。運が良かったね。

耳を使って音を拾うと、すぐ近くにいるとわかった。

「あそこだ」

幹が途中で二つに割れている木の裏。そこに最後の一人がいる。背後が取れるよう、静かに這って移動する。

護衛が五人と黒い水晶を持った老人が一人、予想通りの場所にいた。私が殺し回っていることには気づかれていて、護衛は円陣《えんじん》を組むようにして周囲を警戒している。他よりもちょっと強そうに見えるし、少しだけ時間がかかりそうだけど、負けはしない。

殺しに行こうと思って一歩踏み出す。

「許さないッ!!!!」

気にいらない女、ユリアンヌの声がした。ジャック様が戦っている広場に乱入して、魔物と戦っている姿が見える。

え、なに？

勝手にジャック様の命令を無視したんだったら、私の方が許せないんだけど！

さっさと隠れているヤツらを殺して合流しなきゃ！

＊＊＊

ゴブリンやオーガを斬り殺し、ユニコーンの角から放たれる氷の塊を回避していたら、ユリアンヌがヨンの使っていた短槍《たんそう》を持って突っ込んできた。

「なぜ、ここに⁉」

緑の血を吸って意識を乗っ取ろうとするヴァンパイア・ソードに抵抗《ていこう》しながら叫んだ。

ユリアンヌは人食い鳥の頭を突き刺してから、俺の隣《となり》に立つ。

「お父様が、未来の旦那《だんな》を助けに行けと」

親子揃《そろ》って気が早すぎないか。今のところ婚約破棄《はき》するつもりはないのだが、だからといって結婚《けっこん》が確定したわけでもない。戦いが終わった後の話し合い次第では、どう転ぶかわからない状況《じょうきょう》なんだぞ。

「ヨン卿は無事なのか？」

「私の剣を使って、ゴブリンの集団を倒すほどには」

あれだけの出血をしたのに、短時間で本当に戦えるほど回復したようだ。この世界の住民は驚《おどろ》くほどタフだな。

正直、魔物の集団に手こずっていたので、ユリアンヌの助勢は助かる。彼女は槍を使っていたから短槍との相性も悪くはないだろうし、戦力として期待できる。

「事情はわかった。よく、俺の所にきたな」

従順に命令を聞くだけではなく、自ら判断して行動したことを褒《ほ》めたら、ユリアンヌは笑いながら魔物を屠《ほふ》っていった。器用なヤツだな。

ようやく余裕ができたので、周囲の様子を確認する。

人型の影は……全滅したようで、ドライアドの首輪から伸びている鎖から模様が消えた。これは魔物をコントロールする力が失われたことにつながる。

ドライアドは奴隷の首輪を引きちぎると投げ捨て、殺意のこもった鋭い目で睨《にら》みつけてきた。

「この私が不覚を取るとは……」

どうやら操られていたことが気にいらなかったようで、怒り狂《くる》っている。

本来は温和な性格なんだが、話は聞いてもらえそうにない。

「この屈辱《くつじょく》は晴らさなければならぬ」

俺がゴブリンを個別で認識できないのと同じで、魔物や精霊もよほどのことがない限り人という括《くく》りで見る。何が言いたいかというと、操っていたのは俺じゃないと伝えても、理解されなさそうということだ。

ヴェルザ商会のヤツらと俺は同じ人という判断をされるため、復讐の対象となるだろう。じゃあ、ドライアドを殺せば問題はすべて解決するかといったら、悩ましいところだな。

森の主である精霊が消滅《しょうめつ》したら、魔物は統率されずに暴れ回る。もしかしたら、今より状況は悪化するかもしれん。

「死ね」

短い言葉を発すると、ドライアドの魔力が急上昇《きゅうじょうしょう》。

足元からツタのようなものが何十本も伸びると絡《から》まり合い、太い一本の槍になって向かってくる。

物量的に受け流せるものではない。魔法を使う余裕すらないので、前に転がってやり過ごして立ち上がると、顔を上げて正面を見た。

行動を読まれていたみたいだ。

目の前に細いツタが何本も迫ってきていた。

足を動かそうとするが筋肉が思うように動かず、間に合わない。

魔法か？　それとも急所だけを避けて受けきるか？

一瞬《いっしゅん》だが迷っている間に、赤い髪をなびかせて走るアデーレが視界に入った。

ツタが俺に接触《せっしょく》するまでに、すべてを斬り捨ててしまう。

「助かった!!」

礼を言えば必ず喜ぶ仕草をするアデーレだが、今は眉《まゆ》をつり上げて怒っているように見える。魔力がコントロールできていないのか、髪の毛がふんわりと浮かんでいるし、気のせいではないだろう。

「ジャック様っ！」

「お、おう。何だ？」

俺と会話をするんじゃなくドライアドと戦ってほしいんだが、言い出せるような雰囲気《ふんいき》ではない。

いつもは感じない圧力があるんだよな……。

「なんで、あの女がいるんですか？」

ユリアンヌのことを言っているんだろうが、俺の命令に従ってないのがムカついているのか？

こんな時に言い争う暇なんてないんだが、事情を説明する必要はありそうだ。

「ヨン卿が戦えるようになったので加勢にきてくれた」

「ちッ」

舌打ちしやがったな！

どうやら俺が思っていた以上に二人の関係は悪いのかもしれない。どこかで手を打っておかないと内部分裂《ぶんれつ》するかもしれんが、今は何もできない。後で考えるとして今は、目の前の敵に集中しよう。

「三人で戦うぞ」

「…………わかりました」

アデーレは狙ったツタを斬り裂《さ》きながら、渋々と言った感じで返事をした。

納得はしていないだろうが、反発するほどではないか。ったく、もう少し仲良くしろよ。

「行くぞ」

俺は気持ちを切り替《か》えて、ドライアドに向かって走り出す。

召喚魔法《しょうかん》を使ったのか巨大《きょだい》なトレントが出現したので立ち止まると、葉のついた枝が目の前に迫る。

「私が倒します」

アデーレが俺を追い抜くと、ヒュドラの双剣で枝を切り落としていく。どうやらトレントの相手をしてくれるようだ。

高速移動で相手を翻弄《ほんろう》し、手数の多さを活かしてトレントに反撃《はんげき》させない。動くことすら許されず、すべてを削《けず》り取られている。俺にはできない戦い方だ。

「さすがアデーレだな。心強い」

「私も、あのぐらいならできます」

なぜか俺の隣にまできたユリアンヌが頬《ほお》を膨《ふく》らませながら言った。

「その言葉、お前の行動で証明してみろ」

ヴァンパイア・ソードをユニコーンに向ける。

ドライアドを守るのが使命とでも言いたそうに、ずっと隣にいて邪魔《じゃま》なのだ。武器の相性も悪くないだろうし、ユリアンヌに任せる判断をした。

「もちろんです！　旦那様、見ててくださいねっ！」

好戦的な笑みを浮かべながら走り出した。

絶対にアデーレに勝つという意思を感じる。いい感じに煽《あお》れたようだな。俺はドライアドと戦うので見ている暇なんてないんだが、あの様子だとわからないだろう。

これでドライアドに専念できると思って動き出そうとしたら、罵声《ばせい》が聞こえてきたので声がした方を向く。

「私はジャック様の師匠で護衛なんだから、無関係な女は引っ込んでなさいっ!」

「私はこれからジャック様の妻になるの! 家族でもない、貴女の方が無関係ね!」

「妻は予定で、まだ決まってないっ！　今は私の方が、ジャック様との関係は深いんだから！」

「違いますーっ！　すでに私の方が深くつながっているんだからっ‼」

アデーレは巨大なトレントを、ユリアンヌはユニコーンと戦いながら、口げんかをしていた。お前たち子供かっ！　と、突っ込みたくなるほど、低次元な言い合いだな。口を動かしながらも魔物と戦ってなければ、叱《しか》りつけていたところである。

戦闘能力はアデーレの方が高そうに見えるものの、ゲームに登場しなかったユリアンヌの潜《せん》在《ざい》能力は未知数。もしかしたら今後、アデーレを超《こ》えるかもしれないという期待感もある。二人が仲良く手を組んで戦ってくれれば、心強い仲間となるだろう。

……すべては、俺の手腕《しゅわん》にかかっているな。

じゃじゃ馬を上手くコントロールできるかわからんが、セラビミアや周辺の貴族を倒すよりかは楽なはず。俺に心酔《しんすい》しているからこそ争いあっていると思えば、可愛いもんだ。

「待たせたな」

二人が魔物を引きつけてくれているおかげで、俺はドライアドの前に立てた。

周囲は悲鳴や罵声でうるさいのだが、俺とドライアドだけは静かに睨み合っている。

「人間ごときが私を操ろうとした罪。死をもって償え」

静かな怒りを含《ふく》んだ声を聞いたのと同時に、周囲にある木々の枝が伸びて俺に向かってきた。先端は槍のように尖っていて、刺されば俺が身につけている防具なんて容易に貫いてしまうだろう。

枝の軌道《きどう》を予想して、安全地帯に飛び込む。

後ろを向くと俺がいた場所に数十の枝が刺さっていた。

「少しはやるみたいだけど、次の攻撃は避けられるか?」

ドライアドは大人しい性格という設定だったはずなのだが、怒りのせいか言葉づかいが荒い。戦いを楽しんでいるような笑みを浮かべている。

辺り一面に落ちていた葉が、ふわりと浮かび上がった。よく見ると回転しているように見える。『悪徳貴族の生存戦略』では、木の葉を手裏剣《しゅりけん》のように飛ばす『リーフカッター』という魔法があったから、それを使ったのだろう。数が多く、先ほどのように攻撃の当たらない場所に逃げるのは難しそうである。

前方にある数枚の葉が回転しながら高速で近づいてきた。左右に移動して回避したが、着地のタイミングを狙った最後の一枚だけは避けられない。ヴァンパイア・ソードで叩《たた》き落とそうとすると、キーンと甲高《かんだか》い金属音と思い衝撃《しょうげき》を発生させてから、地面に突き刺さった。

……物質を硬質化《こうしつ》させる効果まであるのか。

「止まってたら死ぬよ?」

左右から木の葉が迫っていたのでしゃがみ、立ち上がる勢いを使って後ろに跳ぶと、上空から落ちてきた木の葉を避ける。さらに剣を横に振るいながら半回転して、背中を狙った木の葉を受け流した。

反撃に出ようとしてドライアドを見ると、隙間《すきま》なく密集した葉の集団が視界に入った。これは飽和《ほうわ》攻撃というヤツか？　俺の防御《ぼうぎょ》能力を超える圧倒的な物量で攻《せ》めてきやがったな。森で戦うのは無謀《むぼう》だったかもしれないと、少しだけ後悔してしまった。

「そろそろ死んで私に謝れ」

正面から回転する木の葉の集団が迫ってきた。

足を使っての回避、ヴァンパイア・ソードによる受け流しは不可能。体で受け止めるなんて論外だ。直撃《ちょくげき》する寸前まで木の葉を引きつけると、魔法を使った。

『シャドウ・ウォーク』

自分の影に沈むと、ドライアドの背後にある木の影から浮かび上がる。距離は二メートル弱。俺の間合いだ。気づかれる前に攻撃したいので突きを選ぶ。

足を大きく一歩踏み込んでから腕を前に出すと、切っ先がドライアドに当たる直前で、地面から急成長した木に阻《はば》まれてしまった。

「その魔法、見たことがある。いつだったかな……」

ドライアドは首をかしげながら言った。

奇襲《きしゅう》は失敗したので、バックステップで距離を取る。

「影魔法を使うヤツが他にもいたのか？」

ゲーム内の設定だと、使える魔法の系統は遺伝によって引き継《つ》がれると書かれていた。

ジラール家は代々、影系の魔法を得意としていたので、俺も『シャドウ・スリープ』や『シャドウ・バインド』が使えるのである。覚えられる魔法は才能によって左右されるらしく、同じ血統でも別の魔法を覚えることも多いらしい。

「うん。いたね。それに、その剣も見覚えがあるね」

意外にもドライアドは俺の質問に答えた。怒りが収まってきたのか、雰囲気が柔《やわ》らかくなっているように感じる。攻撃を続けていたことで落ち着いてきたのだろうか。今なら誤解を解くチャンスかもしれない。

「もしかしたら、俺の祖――」

「どうでもいいや。やっぱり死んで」

精霊と交渉《こうしょう》できると思った俺の考えは甘かったようだ。

話を広げようとしたら、ドライアドは攻撃準備に入りやがった。体内の魔力が高まっているようで、大規模魔法を使う直前である。ユリアンヌやアデーレを置いて逃げるわけにはいかず、覚悟を決めるしかなさそうだ。

「なんだ、この香りは……」

俺の周囲に青い花びらが舞《ま》っていた。眠《ねむ》くなるような香りがして、力が抜けていく。ヴァンパイア・ソードを握ったまま膝《ひざ》を突いてしまう。地面を見たら辺り一面に赤黒いキノコがあって、白い胞子《ほうし》を飛ばしていた。

「特別な植物を召喚してあげたから、ゆっくりと味わいなさい」

ふざけるなと叫ぼうとしたが口は動かなかった。いや、それだけじゃない。立ち上がろうとしても足が言うことをきかない。

ドライアドは腕を組んで見ているだけなので、今のうちに体勢を整えなければならん。

魔力を貯蔵している三つの臓器を全て開放して身体能力を強化してから、立ち上がろうとする。

「グッ」

体の中から激しい痛みを感じて中断してしまった。足だけではなく、腕や体まで痛みがあり、体の中を犯されているような感覚がある。ジワジワと何かが浸食《しんしょく》しているみたいだ。

「このキノコの胞子は生物に寄生して、動きを奪《うば》ってしまうんだよ。もう二度と自分の意志で体は動かせないよ」

なんて凶悪《きょうあく》な魔法を使うんだよ！

俺が遊んでいた『悪徳貴族の生存戦略』には存在しなかった魔法だ。この世界特有なのか、それとも俺が知らないだけで、実は裏設定であった魔法なのかは知らんが、早くこの場から離れないとマズイ。あと数分もすれば、意識を失ってしまいそうである。

声を上げ、激しい痛みに耐えながら足に力を入れたが、胞子は体内の奥深くにまで浸食しているようで、意志に反して動かなかった。

「負けるかよッ！」

徐々に意識が混濁《こんだく》してきて視界がぼやけてくる。

別のものに乗っ取られてしまうなんて、転生してジャックの体を奪った俺に相応《ふさわ》しい末路かもしれない……。

——私によこせ。

女の声が脳内に響《ひび》いた。

右手がうずく。

眼球だけ動かして見ると、手の甲に浮かび上がっていた模様が薄く光っているようだった。遺跡の時と同じように、ヴァンパイア・ソードが俺の体を乗っ取ろうとしているのだろうか。今は抵抗なんてできるはずがない。

何で俺は普通の女ではなく、変な存在にばかりモテるんだよ。

——体を渡《わた》せばキノコごとき、すぐに駆逐《くちく》してやる。

悪魔《あくま》の契約みたいだな、なんて思ったが、俺に断るなんて選択はできない。ドライアドの魔法にやられるぐらいなら、ヴァンパイア・ソードの力に賭《か》けよう。

約束は守れよ。

心の中で呟《つぶや》いてから、ヴァンパイア・ソードの浸食を許可する。

——もちろんだ。

右手から魔力の塊が侵入《しんにゅう》し、俺はすぐに意識を失った。

＊＊＊

森の中に石造りの城があった。

俺は宙に浮かんでいるようで、全体を俯瞰《ふかん》して見える。

日本にいたときに写真で見たことがあるような、西洋の城とデザインは似ているが、壁《かべ》は崩《くず》れていて天井にはいくつも穴が空いていた。城内には魔物や人の死体が転がっているので、激しい戦いがあったんだろう。


急に視点が変わって、今度は城内に入ったようだ。

ジャックに似たおっさんと、闇《やみ》をまとったような真っ黒い長い髪と血のような赤い目をした女が、対峙《たいじ》していた。

おっさんの方はロングソードを持っていて、金属鎧には初代ジラールの紋章《もんしょう》が描《か》かれている。顔を見て予想できたことではあるが、どうやらご先祖様のようだな。

女の方は真っ黒なドレスを着ていて、指の爪《つめ》が異様に長かった。

「お前を殺して、この地を魔物から解放する」

「人間ごときが生意気な」

急にノイズが入って視界が悪くなり、音が聞こえなくなった。

壊《こわ》れかけのテレビを見ているようである。

場面も飛び飛びで、初代がロングソードで女を斬り裂いているシーンが見えたと思ったら、次の瞬間《しゅんかん》には爪で初代の左腕を切断したシーンもあった。

戦闘中に何度か会話していたみたいだが、相変わらず声は聞こえない。

使えない映像だなと思っていたら、今度はいきなり鮮明《せんめい》になった。

女の首が初代によって斬り飛ばされ、地面に転がる。

驚くことに女は生きているようで、頭だけの状態で話し出す。

「ヴァンパイアの私を、ここまで追い詰めるとはな」

女の言葉を無視して、初代は頭に剣を突き刺そうとする。

「大人しく死ね」

女の目が赤く光った。

体のほうは黒い霧《きり》になって、初代が持つ剣に吸い込まれていく。

「な、何をしたッ⁉」

剣を振って黒い霧を斬ろうとするが、無駄だ。

どんどん、刀身に吸い込まれていく。

「私は剣の中に入って、お前の一族を呪うとしよう。傷が癒えたら、全てをもらうからな」

女の頭までも黒い霧になって剣に入っていく。

全てが終わると、初代の右手には俺と同じ模様が浮かび、ロングソードはヴァンパイア・ソードに変わっていた。

＊＊＊

目の前に肩から腹にかけて斬り裂かれたドライアドがいた。

血は流れていない。緑色の肉だけが見える。

勝手に体が動いてヴァンパイア・ソードを振り上げた。俺の意志は関係ない。主導権は奪われたままらしい。

先ほど見た映像が正しいのであれば、俺の体を操作しているのは初代ジラールが倒した女——ヴァンパイアだろう。呪いという形で剣に宿り、使い手の肉体を乗っ取るなんて、ぶっ飛んだ思考をしていやがる。

胞子の影響《えいきょう》を抜け出せたのは、ヴァンパイアの治癒《ちゆ》能力を応用したのかもしれんな。セラビミアだったら、何かわかっただろうか。

——さっさと、体を返せよ。

女に語りかけたが無視された。ヴァンパイア・ソードから流れ出ている魔力によって、俺の体は動いているようなので、押し返せば主導権は奪い返せるだろう。

剣を振り下ろしてドライアドにトドメを刺そうとしたので、体中に散らばった俺の魔力を集め、女の魔力を排除する。狙い通りに動きが止まって、ドライアドにヴァンパイア・ソードは当たらなかった。

——返さない。

なんて言われて、引き下がるわけがない。

俺を応援《おうえん》してくれるアデーレの姿が浮かび、お前にだけは絶対に負けないという、強い意思が湧き出てくる。

剣と一体化してから長い年月が経過して力が弱まったのか、予想していたより反発は弱い。魔力を押し返して、順調に体の主導権を戻していく。

――やめろっ！

最期に弱々しい声が脳に聞こえると、ヴァンパイアの魔力は体内から消える。時間にして十秒程度かかってしまったが、無事に体を動かせるようになった。

「戻ったみたいね……どうするつもり？」

切断面からツタが伸びて再生している途中のドライアドが俺を見ていた。

攻撃してこないと思ったら、回復を優先していたのか。非常に落ち着いていて、今度こそ話し合いができそうである。

「何もしない。お前を操っていたヤツらは俺の仲間が処分した。大人しく帰ってくれないか？」

ドライアドにはこれからも魔物を統率してもらいたいから、多少の譲歩《じょうほ》ならしてやってもいい。

そう思いながら、返事をした。

「それは無理。また油断させてから襲うつもりでしょ？　もう騙《だま》されない」

ヴェルザ商会のヤツら、だまし討ちして捕《と》らえたのかよ。随分と疑い深くなっている。

本当に面倒《めんどう》なことばかりやらかす。

後で絶対に相応の報いを受けさせてやるからなッ！

「俺はこの土地を治めている人間だ。森の主でもあるドライアドに死なれたら困る。襲っても得なんて何一つないぞ」

「……………証拠《しょうこ》は？」

「ない。俺の仲間が、お前を解放したことで信じてほしい」

「……………」

ドライアドもバカじゃないから、少なくとも俺が敵対したくないと思っていることぐらい、先ほどの会話で理解したはずだ。感情との折り合いが付かないので返事をせずに無言なんだろう。

俺を睨むように見ていたドライアドの視線が、ヴァンパイア・ソードの方に移り、右手を見て止まった。

「その剣、どこで見つけた？」

人と違って、精霊は物に興味を示さない設定だったはずなんだが、こいつは違うのか？

珍しい反応だ。

少し探りを入れよう。

「この森にある遺跡だ」

「遺跡？」

精霊には遺跡の概念《がいねん》がないのか？

理解できてないようである。異文化交流は面倒だな。

「森の中に壊れかけた建物があるんだが、知っているか？」

「もちろん。いくつかある」

初代ジラールが眠っている遺跡以外のもあるのか。良いことを聞いた。色々と落ち着いたら探索《たんさく》してても面白いだろう。

「そのうちの一つにあったんだよ」

「確か石の箱に封印《ふういん》したはずなんだけど、どうやって開けたの？」

「俺が触ったら勝手に解除された。ったく、呪われているなら、もっと厳重に封印しろよ」

精霊の寿命《じゅみょう》は長いと聞いているので、初代ジラールと会っていても不思議ではない。

それより、封印しなければいけないほどヤバイ武器だったことに驚いている。

後世に残さず、処分しておけ！

もしくは警告文ぐらい残してくれ。初代からのプレゼントが呪いの武器でした！　なんてドッキリ企画《きかく》、いらないんだよ。

「封印を解除したということは……君は彼の血縁者《けつえんしゃ》だったんだ」

俺が内心で初代に文句を言っている間に、ドライアドは意味深なことを言いやがった。

会話している間にも俺に向けて放たれていた殺意が、急速に消えていく。

「初代ジラールのことを言っているのか？」

「名前はわからないけど、その剣と一緒に入ってた人のこと」

「であれば血縁者で間違いない。俺は、そいつの子孫だ」

「ふーーん」

後ろに手を組んで、ドライアドがゆっくりと近づいてきた。

敵意は感じない。

何をするか興味があったので好きなようにさせていると、俺の右手を触った。

「剣との同化が始まっている。あの人と一緒で、もう離れられない」

「ずっと剣を握ったまま、生きていかなければいけないのか?」

だったら困る。トイレや風呂は片手でもできるが、武器の携帯《けいたい》が許されない場所なんてたくさんあって、貴族としての行動が大幅《おおはば》に制限されてしまうからだ。誰かと会うたびに抜き身の剣を持っていたら、交渉なんて不可能である。

「ううん。そこまで悪質じゃない。なぜか剣が手を抜いているみたいだよ」

ドライアドの口が、花の模様が浮かんでいる手の甲に触れた。

ピリッと電撃《でんげき》が走ったように感じる。

「何をした?」

「これで手から剣が離れる。試してみて」

ヴァンパイア・ソードを鞘《さや》にしまって、握りっぱなしだった柄から手を離す。吸い付く呪いは完全になくなったようで、すんなりと思い通りにいった。

「助かった……」

正直、何をされたのか全く理解できないが、初代の子孫だと判明してから好意的だな。

「でも捨てたり、遠ざけたりはできない。もしそんなことをしたら呪いは強くなるし、解呪《かいじゅ》を試みたら殺されるから。気をつけてね」

試しに投げ捨てようと思ったら、右手に激しい痛みを感じた。手の甲に残っている花の模様が黒く変色している。剣と魔力的なつながりがあって攻撃してきたのだろう。

ドライアドの話が本当で、解呪アイテムを使ったら死んでしまうのであれば、迷惑な剣だな……。

「呪われた剣……これは、いったいなんなんだ？」

遺跡には剣と死体ぐらいしかなく、手がかりはなかった。

この森にずっといるドライアドなら何か知っているだろうと、期待しての質問だ。

「私が気にいったあの人は出会ったときから持ってた。だから知らないけど……執念深《しゅうねんぶか》く嫉妬《しっと》深い女と、言ってたかな」

あの人とは初代ジラールのことだとすれば、目の前にいるドライアドと仲が良かったことになる。

ジラール家には伝わっていない話で驚いていた。

魔物が大量に住む森が近くにあっても村が無事だった理由は、ドライアドに協力してもらっていたから？　ゲームが現実化したときの矛盾《むじゅん》を修正するべく、そのような設定になっているのか？

しかもヴァンパイアにまとわりつかれていたようだし、初代ジラールは大変な人生を送っていたんだろうな。

「俺の先祖は、どんなヤツだったんだ？」

「あの人は、その剣を使って、この土地を人が住めるようにした」

ヴァンパイア・ソードの力を使って魔物が住む場所を開拓《かいたく》したのか。持ち主を再生させる力があるんだし、意識の乗っ取りさえ防げれば不可能ではないだろう。

「だったらなぜ俺の祖先は、魔物の多いこの森を残したんだ？」

「わからない」

精霊は個人に対して多少の興味を持つことがあっても、人の社会には決して近づこうとしない。言葉通り、何も知らないんだろうな。

「……あなた、あの人に似ている」

急にドライアドの顔が近づくと、見上げるように俺を見た。

植物特有の匂いはするが嫌《きら》いではないな。

「特に、その目。まったく同じ………素敵」

目つきが悪いことで有名だったのに、気にいられるとは。ドライアドの好みはよくわからん。何をされるかわからずに身構えていると、顔が離れた。

「君に免《めん》じて今日は引き下がるけど……」

先ほどまで穏《おだ》やかな表情だったが、一変して憤怒《ふんぬ》の表情に変わる。

コロコロと性格が変わるところも精霊っぽいと感じるのは、偏見《へんけん》だろうか。

「私を操ったヤツらはもらっていくから。養分にしてやる」

「もう死んでいるが、好きにしていいぞ」

植物の肥料として使ってくれるのであれば、死体処理の手間が省けるので歓迎《かんげい》である。

「ありがと」

くるりと反転してドライアドが背を向けた。

離れた場所からツタが伸びてきて、十人以上の死体が集まってくる。

アデーレが殺したヴェルザ商会のヤツらだな。こいつらに騙されて奴隷の首輪をつけられたのであれば、少しだけ疑問が残る。

初代ジラールの子孫だとは言ったが、俺はドライアドが納得するような証拠は何一つ持っていない。まだ騙されているとは思わないのだろうか。

「なぜ俺が初代の子孫だと信じた？」

立ち止まって、ドライアドが背を向けたまま話す。

「その剣を手に入れられるのは子孫だけって聞いていた。目も同じだったし、嘘《うそ》をついているようにも見えない。だから、信じることにした」

言い終わると黙《だま》って歩き出してしまった。ボロボロになった巨大なトレントや、刺し傷だらけのユニコーンも後を付いていく。他の魔物も大人しく引き下がってくれたので、第四村の問題は解決したと思って良いだろう。

ゲーム内では魔物を殺し回れば解決したから原因なんて知らなかったが、本当はドライアドが暴れていただけ……という考えは浅はかだな。セラビミアのせいでシナリオが狂ったからこそ、『悪徳貴族の生存戦略』に登場しなかったドライアドが出てきたんだろう。

初代ジラールが眠っていた遺跡やヴァンパイア・ソードなど、ゲーム内で詳しく描かれなかった情報もある。

ゲーム制作者だけが知っている隠し設定だったのだろうか。

再会したくはないが、もしセラビミアと話す機会があったら聞いてみたいところだ。

何らかの答えを知っているだろう。

「ジャック様！」

名前を呼ばれたので振り返ると、ヒュドラの双剣をぶら下げながら暗い目をしているアデーレと、地面に短槍を突き刺して腕を組んでいるユリアンヌがいた。

争っていたはずの二人が、なぜか休戦して俺に怒っているのだ。

本能が危険だと叫んでいる。

「なんだ？」

思っていたより緊張した声が出た。

「あの女との関係を教えてください」

聞いてきたのはアデーレだ。

女とはドライアドのことで間違いないだろう。言葉に重みがあり圧力を感じるので、拒否できる雰囲気ではなかった。

「魔物たちのリーダーと交渉していただけだ。そのぐらいわかるだろ？」

「それにしては親しくしすぎていた気がします。ジャック様との関係を教えてください」

今度はユリアンヌが不満そうに言った。

どんな関係かなんて俺が知りたいぐらいだ。知らんと答えたいが、それだと二人は納得しないだろう。

「初代ジラールと知り合いだったらしい。子孫だと教えたら大人しく引いてくれた。それだけの関係だよ」

「本当ですか？」

「嘘はダメですからね」

アデーレ、ユリアンヌがそれぞれ念押しの確認をしてきた。

ったく、疑い深いヤツらだな。嫌いじゃないけど。

「もちろんだ。お前たちに嘘をつくはずないだろ」

笑ってみせると二人からの圧力が消えた。

俺の言葉を信じてくれたようだ。ユリアンヌは、もう少ししっかりしていると思っていたんだが、アデーレと同じぐらいチョロい女みたいだな。そういうところは好きだぞ。


ドライアドが魔物を引き連れて撤退したおかげで、第四村の問題は解決した。

魔物の襲撃は終わり、復興に向けて動いている。

冒険者への依頼料はジラール家が支払《しはら》っているので、後は村長に任せておけば持ち直すだろう。

村を守って金まで出したこともあって、俺の評判は第四村でも高まり、領地の反乱フラグは気にしなくても良いレベルにまで改善している。だからといって安泰《あんたい》かといえば、そんなことはない。

破滅フラグはすぐ隣にあり、デュラーク男爵《だんしゃく》を排除しない限り安心はできないだろう。

勇者セラビミアのせいで、ジラール領には何かがあると噂になっているようだし、恐らく他の貴族も俺の領地を狙ってくるはず。貴族として贅沢《ぜいたく》な暮らしをしたい俺にとっては、許容できる話ではない。俺の財産を奪い取ろうとするヤツは誰であっても戦い、潰してやるからな。

エピローグ

ヴェルザ商会の最期

森で捕《つか》まえたヴェルザ商会の跡継《あとつ》ぎ――スペンサーをロープで縛《しば》り付け、ケヴィンが肩に担いでいる。ヴァンパイア・ソードを腰にぶら下げた俺《おれ》と一緒に屋敷の廊下を歩き、応接室の前に立った。

ドアの前で立っているルミエが頭を下げながら口を開く。

「カイル様がお待ちです」

スペンサーの父親でもあり、ヴェルザ商会代表の名だ。こいつが、デュラーク男爵《だんしゃく》からジラール領を荒らせと命令を受けて、手下どもに実行させていた主犯である。

息子を預かっているから屋敷に来いと、呼び出したのだ。

「開けてくれ」

「かしこまりました」

ドアが開かれたので歩きだし、ルミエの横を通るときに「私兵を部屋の前で待機させせろ」と呟いた。これでルートヴィヒたちが集まるだろう。

応接室の中心には深い茶色のローテーブルがあり、左右にソファが置かれている。右側には宝石の付いた指輪をし、高そうな服を着ている太った男が座っていた。髪《かみ》は薄く、緊張しているのか常に汗をかいていて落ち着きがない。

俺が入室したと知ってすぐに立ち上がり、頭を下げようとして止まる。

「ジラール男爵……これは、どういうことで？」

そりゃぁ、縛られた息子を見たら、こんな態度を取るか。挨拶《あいさつ》を抜かしたことを叱《しか》っても良いのだが、本題からそれてしまうので、今回はお咎《とが》めなしだ。

ズカズカと音を立てて歩き、空いている方のソファにどさっと座る。足を組んで背もたれに腕を乗せた。

「ケヴィン」

名前を呼ぶと、スペンサーを床に投げ捨てた。

口をふさがれているので悲鳴はない。

「ジラール男爵ッ！」

顔を真っ赤にさせたカイルがローテーブルを叩《たた》いて抗議《こうぎ》の声を出した。平民のくせに態度がでかい。この俺をバカにしたらどうなるか、わからせないとな。

「何だ？　言ってみろ？」

嗤《わら》って煽《あお》ってみると急に顔が赤くなった。

いい年だし、頭の血管が破裂《はれつ》するんじゃないか？

「あれは私の息子だ！　早く、拘束《こうそく》をとけッ！」

貴族である俺に命令するとは良い度胸じゃないか。立場の違《ちが》いというのを見せつけてやる。

「断る」

「田舎男爵のくせに生意気なッ！」

さらなる暴言を重ねたカイルに対して、ケヴィンが動こうとしたため視線で止める。

俺の楽しみを奪《うば》うんじゃない。

「だとしたら、お前は何だ？　この俺より偉《えら》いとでも言いたいのか？」

ゆっくりと立ち上がりながら、魔力《まりょく》を開放していく。ヴァンパイア・ソードの柄に手をかけたことで、これから俺が何をしようとするのか察したようだ。

「お、お前！　この俺を殺したらどうなるかわかっているのか⁉」

「領地内の物流が止まって、経済が崩壊《ほうかい》する」

「そこまでわかってて――――ッ！」

まだ何か言うつもりだったようなので、ヴァンパイア・ソードを抜いて切っ先を突きつけた。

「別の商人の目星はつけている。お前は用済みなんだよ」

『悪徳貴族の生存戦略』には優秀《ゆうしゅう》な商人キャラクターもいた。そろそろ領地に来るタイミングだ。仲間にする方法はある程度わかっているので、ヴェルザ商会は遠慮《えんりょ》なく切れる。

「無理だ！　お前の領地は最悪だと、商人の間で噂になっている！　誰も近寄らんぞ！」

「その情報は古いな。勇者がジラール領は問題ないと王家に報告しているから、領地が変わったと噂になっているはずだ。もうすぐここにも商人が訪れるだろう」

「そんな都合の良い話……」

「黙《だま》れ。お前の話を聞くつもりはない」

切っ先を額に当てたら、カイルは黙った。唾《つば》を飲み込んで俺が何をするのか待っている。

そろそろ罪状を伝えて処分を言い渡《わた》すか。

「デュラーク男爵に乗り換《か》えようとして、第三そして第四村を滅《ほろ》ぼそうとしたのはわかっている」

口が動きそうだったので、少しだけヴァンパイア・ソードを押し込んだ。

皮膚《ひふ》が斬《き》り裂《さ》かれて血が流れる。

血を吸いたいと声が聞こえたので、うるさいと一喝《いっかつ》して黙らせた。

ドライアドとの戦いで感じたことなんだが、ヴァンパイア・ソードは強気にでると従う傾向《けいこう》にあるので、こうやって雑に扱《あつか》うのが正しいやり方なのである。逆に体力や気力が落ちているときに声をかけられると、意識を乗っ取られてしまう可能性が上がってしまうので、気をつけなければならない。

「処分を言い渡そう」

俺を破滅させようとしたヤツの末路は決めてある。

心して聞くが良い。

「知っていることを全て吐《は》いてもらい、その後、我が領地を荒らした犯罪者として投獄《とうごく》する」

魔物《まもの》の騒動《そうどう》を起こしたカイルは使い道がありそうなので、しばらくは生かすことにした。

時間をかけてゆっくりと、デュラーク男爵の情報を吐かせる予定である。

もちろん、使い道がなくなったら事故にあってもらい、処分する予定なのは変わらない。貴族にたてついた平民への拷問《ごうもん》は許されているので、王国法に照らし合わせても問題はない。

貴族にとって便利な世界だな。

裏切り者のカイルは、人生の選択を間違えたと後悔しながら、苦痛の果てに死ね。

「なッ！　そんなこと、デュラーク男爵が許しません！」

敵対貴族の名前を出せば、俺がビビるとでも思っているのか？

浅はかだな。私兵を動かすのには金がかかるし、何より大義名分が必要だ。俺のお抱《かか》えとなっているヴェルザ商会の代表を奪還《だっかん》するためでは理由にならん。ジラール領を攻《せ》めるなんて、王家は絶対に認めない。

もし強引に攻めようとすれば、セラビミアの鉄槌《てっつい》が下るだろう。

「ヴェルザ商会は俺のお抱えで、ジラール領で起こった問題だ。デュラーク男爵は関係ない」

「ッ……！」

反論できないようでカイルは言葉に詰まった。

ようやく自分が使い捨ての駒《こま》だったことを認めたらしい。

「ギリギリまで俺とつながって、情報を得ようとした行動が裏目に出たな」

ヴァンパイア・ソードを鞘《さや》にしまうと、手をパンパンと二回叩く。

ドアが開き、十人ほどの兵が部屋に入ってきた。

レッサー・アースドラゴンの素材を売った金で揃《そろ》えた金属製の鎧を装備しており、見た目だけであれば上級貴族の私兵と遜色《そんしょく》ない。中身は変わってないので張りぼてなのだが、ぱっと見強そうに思える、威圧感《いあつかん》というのが大事なのだ。

戦う前にビビって降伏《こうふく》させることができるからな。

実際に狙《ねら》ったとおり、カイルは怯《おび》えて文句すら言えない状況《じょうきょう》である。

「この男は息子に命令して第三、第四村を壊滅《かいめつ》させようとしていた。兵舎の地下牢《ろう》に入れておけ！」

私兵たちが一気に殺気だった。

ジラール領出身の私兵たちだから、故郷を荒らしたカイルが許せないんだろう。中には剣《けん》の柄に手をあてて抜刀《ばっとう》寸前のヤツすらいる。

「ルートヴィヒ」

「はッ！」

「こいつには聞きたいことが山のようにある。絶対に殺すなよ」

兵長としての責任感から俺の命令には従うはず。多少荒っぽく扱ったとしても、殺すようなことはさせないだろう。

「かしこまりました！」

胸に手を当てて返事をしてから、ルートヴィヒは周囲の私兵に指示を出してカイルを拘束させる。

逃《に》げようとして暴れたのだが、私兵の一人に顔を殴《なぐ》られたらすぐに大人しくなった。攻めるのは得意なのに逆は苦手なようだな。

カイルは両腕を摑まれ、引きずられるようにして部屋から出ていったので、ケヴィンに向き直る。

「助手として私兵を一人付ける。今夜から聞き取りをしろ」

ケヴィンは拷問に一番詳しいが信用できないので、監視役として私兵を参加させることにした。

この私兵が拷問の技術を覚えればケヴィンに頼らなくて済むので、良い働きに期待したい。

「さて、残りはスペンサーだな。猿轡《さるぐつわ》をほどけ」

命令するとケヴィンはスペンサーの腹を蹴り上げた。

えッ……こいつ、何してるんだ？

突如《とつじょ》として発生した暴力に驚《おどろ》いてしまい、注意するのを忘れてしまう。

「余計なことは言わず、ジャック様に聞かれたことにだけ答えろ。わかったな？」

「んーーーっ！」

何か言葉を発したスペンサーに、ケヴィンはもう一度蹴りを入れた。

「命令には素直に従え。できるようになるまで教育してやろう」

スムーズに尋問《じんもん》ができるよう、先に脅《おど》したのか。目的がわかったので今度は冷静に、目の前で行われている暴力行為《こうい》を眺《なが》める。

スペンサーは何度か抵抗《ていこう》を試みたが、ケヴィンの攻撃が激しくなっていく。何度も腹を蹴られ、最後に体を持ち上げられて壁《かべ》に叩きつけられると、心が折れたようだ。

ついに反抗《はんこう》的な目をしなくなった。

ケヴィンが猿轡をほどくと、スペンサーは咳《せ》き込みながら胃液を吐き出す。

「絨毯《じゅうたん》が汚《よご》れてしまった。次からは別のやり方を考えろ」

「かしこまりました。今後は汚さないよう、綺麗《きれい》に対処いたします」

完全に悪役の言葉になってしまったが、そもそもジャックは悪役系の主人公だったので、ケヴィンも違和感《いわかん》は覚えないだろう。スペンサーは良い具合に怯えているようだし、そろそろ尋問を始めるか。

「安心しろ、牢獄《ろうごく》にはぶち込まない。素直に話すなら拷問だってしない」

先ほどの教育がきいているようで余計な口は挟《はさ》まない。静かに俺の言葉を待っている。

「だが、お前は俺の領地を荒らした。許されることではない。わかるよな？」

「はい……」

倒《たお》れているスペンサーと目線を合わせるためにしゃがむと、髪の毛を掴んで顔を近づける。

「金貨十万枚をよこせ。それで手打ちにしてやる」

ヴェルザ商会が保有していると思われる資産のほぼすべてに相当する金額だ。命を助けてやる代わりに、商会を潰せと交換《こうかん》条件を出していることになる。

さて、こいつは、ヴェルザ商会を裏切って命乞《いのちご》いをするのか？

どんな判断をするのか楽しみだな。

「そんな大金……お父様に相談しないと決められない……」

「何を言っている？　お前の父親は牢獄に入って出てこれないぞ」

目の前で見ていただろうに。自分の立場が理解できてない……いや、したくないのか。もう少しでデュラーク男爵の元に移り、さらに繁栄《はんえい》できると思い込んでいたようだからな。

「まぁ、嫌《いや》ならそれでいい。お前を処分してから、ヴェルザ商会を潰すだけだ」

スペンサーを生かす理由はないので、この場で殺しても問題はない。

ヴァンパイア・ソードを突きつけて反応を見る。

全身が震《ふる》えていて怯えていた。これなら俺の話を呑むだろ。

「どうする？」

反応を待っていると、たっぷりと時間をかけてからスペンサーが呟いた。

「金貨十万枚を用意します」

「まずは二万枚を今日中に持ってこい。残りは一カ月以内だ」

「そ、そんな――ゴフッ」

まだ自分の立場がわかってないようなので、魔力で身体能力を強化してから思いっきり蹴り上げた。

嘔吐《おうと》しながら天井に当たり、床に落ちる。手加減したつもりだったのだがやり過ぎてしまった。

一瞬《いっしゅん》殺してしまったかと思ったが、胸は上下に動いているので生きているようだ。これなら許容範囲だな。

「できなければ殺す。監視役にアデーレをつけるから、逃げられると思うなよ」

「ばあがりまじた」

顎《あご》がよく動かないのか聞き取りにくい声でスペンサーは返事をした。絶望したような顔は、俺に従うしか生き残る道はないと思い込んでいるようだ。

ヴェルザ商会の者と共謀《きょうぼう》して裏切ろうとすれば、ヒュドラの双剣を持つアデーレに殺されて終わりだ。全ては予定通り進むだろう。

「ケヴィン、アデーレに新しい仕事の内容を伝えてこい」

「かしこまりました」

優雅《ゆうが》に一礼したケヴィンは、スペンサーを肩に担ぐと部屋を出ていった。

これでヴェルザ商会の対処は終わりだ。

続いてヨン卿と話し合わなければいけない。

「ヨン卿を連れてきてくれ」

応接室のドアで待機していたルミエが、去っていった。

暇《ひま》なので紅茶でも飲んで待っていると、私服を着たヨンが応接室に入ってくる。

立ち上がって挨拶などはしない。歓迎《かんげい》していないと伝えつつ、相手の動きを待つ。

「この度は、釈明《しゃくめい》の場をご用意していただき感謝しております」

「挨拶はいらん。座ってくれ」

ヨンは文句など言わずに、俺の正面に置かれているソファに腰を下ろした。

目は鋭《するど》く、俺……ではなく、ヴァンパイア・ソードを見ているようだ。この場で斬り殺されるとでも思っているんだろうか。ヨンは丸腰《まるごし》だから警戒する気持ちはわかる。

「義父になる男を殺すつもりはない」

真面目な男が目を見開き、動きを止めたのが面白い。

こんな顔をするんだなと新しい発見になった。

「デュラーク男爵に、だまし討ちされるような形で悪事に荷担したんだろ？　それに断れば家に残した妻が危ない。だから依頼は受けて、ユリアンヌに殺されようとした」

「……そこまでわかっていらっしゃったんですね」

俺の推測は全て当たっていたようだ。家族と仕事に挟まれて、苦悩《くのう》したヨンの出した結論が、自分の命を使って全てを丸く収めることだった。

世間では中途半端《ちゅうとはんぱ》な判断だと批判するだろうが、俺は真面目な男だと評価するし、好感まで持ってしまっている。

「ヨン卿の動きはわかりやすかったからな。俺じゃなくても気づけただろう」

「なるほど……どうやら私は、役者には向いていないようですな」

言い終わるのと同時に微笑《ほほえ》んだので、俺も同じような表情を作る。

渾身《こんしん》のギャグを無視するわけにはいかないからな。

「これから私をどうするので？」

穏《おだ》やかな雰囲気《ふんいき》のままヨンが聞いてきた。

「俺の元で働かないか？」

「お断りいたします」

即答だった。

検討の余地なし、と伝えたかったのだろう。

デュラーク男爵に忠義を尽くす価値なんてなさそうに思えるのだが、それは俺の基準で考えた場合の結論だ。騎士として一度仕えると決めた主人から、乗り換えるなんて考えられないのだろう。

もし主人が道を外しそうになったら、命をかけて忠言ぐらいはするだろうし、だからこそヨン卿を気に入ったのだが。世の中上手くいかないものだな。

「そうか。では、話は終わりだ」

「よろしいので？」

何らかの処分が下ると思っていたヨンにとってみれば、俺があっさりと引いたのが意外だったんだろう。

「もちろんだ。簡単に主人を代えるような男だとは思ってないからな」

「ありがとうございます」

俺が騎士として高く評価したことに対しての礼だろう。

気にする必要はないと伝える意味で、小さく手を挙げてから話を続ける。

「そういえば、ユリアンヌは故郷が恋《こい》しいと言っていたな。見知らぬ土地で一人になって、不安になっているんだろう」

急に話が変わってしまい、理解が追いついていないようだが無視する。

「家族が側にいれば少しは寂《さび》しさが薄れると思うんだが」

「……そういうことですか」

まだ要望は伝えていないのに俺が伝えたいことを察したようだ。優秀な男だなと改めて思う。

「それでは妻のヒルデをユリアンヌの側に置きましょう。ついでに花嫁《はなよめ》修業もさせますか」

笑いながら言っているが、デュラーク男爵と敵対している俺の屋敷に住まわせるということは、家族を人質に取られたようなものである。滞在《たいざい》を承諾《しょうだく》した理由は、俺を信じているか……もしくはデュラーク男爵が道を外しそうになったら、遠慮なく諌《いさ》められると思っているかもしれんな。

「ユリアンヌの母が滞在できるよう、部屋を用意しておこう」

「問題ありません。娘《むすめ》共々、よろしくお願いいたします」

人質を取るというのに、頭を下げて感謝されてしまった。

話はこれで終わりだと思っていそうだが、実はもう一つだけヨン卿にやってもらいたいことがある。前提条件は整ったので、そろそろ伝えるとしよう。

「家族がジラール領に来てしまうのであれば、ヨン卿も寂しかろう」

「寂しいかと言われれば、確かにその通りでございます。晩酌《ばんしゃく》しながら妻と話すのが人生の楽しみでございました。しばらくは辛《つら》い時間が続きそうですな」

おでこをピシャッと叩きながら、冗談《じょうだん》めいたことを言いながら笑っていた。

少し警戒心が薄いというか、他人を信じやすい性格なんだろうな。好感は持てるが貴族としてはダメだ。人を信じすぎてしまうからこそ、俺みたいな悪人につけ込まれる隙を生んでしまうのだ。

「だったら手紙を送ればいい」

「手紙、ですか?」

「そうだ。会話の代わりに晩酌をしながら手紙を書く。どうだ?」

平民が領地を行き来するような手紙は出せないが、貴族であれば可能である。

郵便局なんて便利な組織はないので、普通は各地を行き来する行商人か冒険者に頼むしかなく、山賊《さんぞく》や魔物に襲《おそ》われて紛失《ふんしつ》なんて事故も起こりやすい。

だから貴族の場合、早馬に乗せた私兵に伝令のような形で郵便を任せることが多いのだ。

私兵にケンカを売るような山賊はいないし、魔物が近くにいたら馬で逃げられる。持ち逃げされる心配も少ないので一番信頼《しんらい》性が高い方法である。もちろん相応の費用はかかってしまうのだが、ヴェルザ商会から奪い取った金を使えば解決である。

「考えたこともございませんでした」

「見知らぬ土地で過ごしている妻からすれば、ヨン卿の手紙は癒《い》やしになるだろう」

「近いとはいえ他領ですし、そういった気づかいは必要でございますね。私には、こういった発想は出てこないので助かりました」

「家族なんだから隠《かく》し事なんてなしで、色々と近況《きんきょう》を教え合うがいい」

「……そういうことですか」

家族にデュラーク男爵の動きを伝えろと言われていることに、ようやく気づいたようだ。

手紙を受け取れば、ユリアンヌは必ず俺にも伝えるだろう。間接的にデュラーク男爵を裏切れとプレッシャーをかけていたのだ。

「家族にも言えない隠し事の一つや二つ、ジラール男爵もございますよね？」

「もちろんだ」

「それは私も同様ですし、騎士として守らなければいけない矜持《きょうじ》は、ございます」

ちッ。

この頑固《がんこ》頭が！

少しは融通《ゆうずう》を利かせろよと言いたくなるが、そんなことができないヨンだからこそ欲しいと思ってしまう。世の中は上手くいかないものであるが、デュラーク男爵の動きは把握《はあく》しておきたいので、諦《あきら》められない。

課報員《ちょうほういん》でも潜《もぐ》り込ませることができればとも思うのだが、残念ながら人材がいない。

グイントを鍛《きた》えれば諜報活動は可能だろうが時間がかかる。

「ですが、ジラール男爵」

考え事をしていたらヨンに名前を呼ばれたので、視線を向ける。

随分と思い悩んだ顔をしていた。

何を言い出すつもりだ？

「家族の安否に関わることであれば、先にお伝えできることもあるでしょう」

これは驚いた！

表情に出てしまうほどの衝撃《しょうげき》を受けている。

騎士と父親、両方の立場を天秤《てんびん》にかけたとき、父親が勝つと言ったのだから。

定期的にデュラーク男爵の情報が手に入ることはないだろうが、俺の領地が狙われるといった危機が訪れれば、ヨン卿が教えてくれることになる。ヨン自身が提案してくれた妥協《だきょう》ラインなので、必ず実行してくれるだろう。

「家族は大切だからな。何かあれば遠慮なく手紙に書くがいい。私にとってもユリアンヌやヨン卿の妻は、大切な家族になる。協力は惜《お》しまん」

協力すると言ったところで気軽に頼ってくる性格ではない。このぐらいのリップサービスぐらいはしても良いだろう。

「不安もありましたが、ジラール男爵とユリアンヌが婚約できて良かった。感謝いたします」

「俺も今回の婚約を通じて、ヨン卿と強固な絆《きずな》を作ることができて嬉《うれ》しく思っている。許可を出してくれたデュラーク男爵には感謝せねばならん」

最後の一言は、この場にいないデュラーク男爵への嫌みだ。

アイツがヨン卿をジラール領に滞在させる言い訳として、ユリアンヌを使ったのが裏目に出たんだから。

結果的にデュラーク男爵の情報を手に入れるチャンスをくれたのだから、間が抜けている。

「ジラール男爵の言うとおりですな。我が主、デュラーク男爵には感謝いたしましょう」

一斉《いっせい》に笑い声を上げた。

楽しいからでも嬉しいからでもない。少なくとも俺は、いつか痛い目にあわせてやるという意味を込めていた。

＊＊＊

ヴェルザ商会やヨン卿との話し合いが終わった数日後、俺は執務室《しつむしつ》にアデーレとユリアンヌを呼び出していた。

「兵舎の訓練場で暴れたらしいな」

足を組みながら人さし指で机をトントンと一定のリズムで叩き、俺が非常に苛立《いらだ》っていると伝えると、正座をしている二人は言い訳を始めた。

「双剣を使って兵をイジメているところを見たので、助けただけです！」

「違います！　兵を鍛えていたら短槍《たんそう》で攻撃してきたんです。脳筋女との婚約は考え直してもらえませんか⁉」

「なんだって！　そっちこそ味方を傷つけるような駄犬《だけん》じゃない！　ジャック様の大切な兵を殺してしまう前に、教官を辞退したほうがいいんじゃないかしら？」

プチンと何かの切れた音が聞こえた。

「「喋《しゃべ》れないようにしてやるっ！」」

二人とも同じ言葉を口にしてから取っ組み合いを始めた。

さっきまで涙を目にためて俺を見ていたのだが、今は鬼《おに》の形相といった感じで髪を引っ張っている。もう少ししたら殴り合いを始めるだろう。

俺の目の前で物理的な攻撃まで許してしまえば、誰も止められなくなる。主人が誰なのか、思い出させてやる必要があるな。

指の動きを止めてから魔力を開放する。

「静かにしろ」

怒りに触れたと察したようで、二人はお互いの髪を掴みながら止まり、ゆっくりと首を動かして俺の方を見た。

「競い合うのは許可しよう。俺のことを思ってケンカするのであれば、それも許す。だがな……」

手のひらを目の前のデスクに叩きつけると、バンと大きな音がなって空気が振動《しんどう》した。

「お互いの足を引っ張りあうことは許さない」

競争というのは、お互いを高めあうために必要な行為だ。それが本来あるべき姿なのだが、相手が脱落《だつらく》すれば苦労せずに勝利できるという思考になる場合もある。スポーツでいえば妨害《ぼうがい》工作や審判《しんぱん》の買収などが、それにあたるだろう。戦争や内戦であればルール無視でもいいのだが、普段《ふだん》からそんなことをしていたら内部崩壊が起こるので、正しく競い合ってもらわなければ困るのだ。

「わかったな?」

カクカクと首を縦に振り、髪から手を離した二人は握手《あくしゅ》をした。

今更《いまさら》だが仲が良いですとアピールしたいのだろう。

「次の戦いでは、駄犬より多くの敵を倒して見せます」

「傷女には無理ですね。ジャック様からいただいたヒュドラの双剣で、多くの敵を倒して見せます」

お互いの発言が気にいらなかったようで、俺から視線を外して睨《にら》み合う。

「武器の性能に頼るなんて情けない話ですね。剣士見習いから、やり直しては?」

「そっちこそ、戦場に出る婚約者なんて迷惑なんだから、さっさと辞退すれば?」

「「……………」」

手に力を込めて握りつぶそうとしていらしく、手の甲に血管が浮《う》かんでいた。

お互いに、相手を追放する気満々だな。俺の言いたいことは半分も伝わってなさそうである。

「競い合った結果どちらかが負けたとしても、俺はお前たちを手放すつもりはないぞ？」

セラビミアやデュラーク男爵だけでなく、これまで寄親《よりおや》として頼ってきたベルモンド伯爵《はくしゃく》まで俺の領地を狙っている。さらにルミエやケヴィンは裏切る可能性が高いこともあって、俺に付き従ってくれる二人には、絶対にいてもらわなければ困るのだ。もちろんグイントも同様である。

「はい！　私はずっとジャック様の護衛でいますから！　安心してください！」

「私だって、つ、妻として頑張《がんば》りますからっ！」

アデーレは子供のような純粋《じゅんすい》な笑みを、ユリアンヌは少し恥ずかしがりながら言った。

こいつら、何もわかってない。

目眩《めまい》がして手で頭を押さえてしまう。

対抗心《たいこうしん》が強すぎるせいか、今は何を言っても歪《ゆが》んだ理解をしてしまうだろう。

もう少し落ち着いたときに個別で話すべきか？

妻に浮気《うわき》されたような男には難易度の高い問題に悩んでいると、ドアがノックされた。

気分を変えるには、ちょうど良いので入室の許可を出そう。

「入れ」

ドアがゆっくり開く。

時間帯的にルミエが紅茶を持ってきたと思ったのだが、俺の予想は外れてグイントが入ってきた。

「失礼します」

少し緊張しているのか声がやや高く、正体を知っているのに女性だと感じてしまう。

「仕事が終わったんで報告に来たんですが……」

視線は睨み合いながら握手している二人に釘《くぎ》づけだ。突っ込みたい気持ちはわかるが、気にしないでやってくれ。

「かまわん。話せ」

「はいっ！」

ドアを閉めると部屋の中に進み、俺の前で止まる。

「ヨン卿の動きに異変はあったか？」

グイントに任せていた仕事とはヨンの監視だった。

デュラーク男爵が俺の領地に攻撃を仕《し》掛《か》けてくるようであれば教えるようなことを言っていたが、その場しのぎの嘘《うそ》である可能性は残る。何かと理由を付けて妻をジラール領に送る時期を遅《おく》らせる、もしくは嘘の情報を俺に流すことだってあり得るのだ。義理堅《ぎりがた》い性格だとは思うが、それだけで安心するほど俺は甘くない。裏でこっそりと跡を付けてもらってヨンがどのような動きをしていたのか、確認してもらっていたのである。

「ジャック様との約束を守るために動いておりました」

「具体的には何をしていた？」

「奥様《おくさま》をジラール領に移住させる準備です。他にはデュラーク男爵と言い合いをしたという噂も聞いております」

心配していたような裏切りの兆候はなかったようだ。

「デュラーク男爵との争いの内容は？」

「わかりませんが、開拓村《かいたく》を守ることを理由にして僻地《へきち》への移住命令がでたことから、デュラーク男爵の不興を買ったんだと思います」

ヨンほどの騎士を重要な村や町ではなく、いつ魔物に滅ぼされるかわからない開拓村に派遣《はけん》するとは。相当な言い合いをしたことだろうことは容易に想像がつく。恐《おそ》らく、ジラール領に攻め込んだことについて強く抗議したんだろう。

「その情報で充分だ。よくやったな」

調査報告に満足していると、ユリアンヌがアデーレから離れて俺に近づいてきた。

デスクに手を置いて俺を見ている。

「旦那《だんな》様、父様を監視していたのですか？」

俺がヨンを警戒していたことに、疑問を感じているみたいだ。家族愛が強いことは悪くないが、他人を信用しすぎてはいけない。俺の妻になるのであれば、用心深くなってもらわなければ困るな。

「デュラーク男爵の言いなりになって、我が領地を襲おうとしたんだ。完全に信用できるはずがないだろ」

「……っ!!」

当然の指摘《してき》をしたら反論できずに口を閉じた。

アデーレが嗤いながら煽ろうとしたので、睨みつけて動きを止める。今は遊びの時間ではない。

「違うか？」

「……その通りです」

考えが至らなかったことに反省している様子である。家族を疑ったことに怒るのではなく、俺のことを理解しようと努力していることに、ほんの少しだけ好感を持った。

言いすぎたとは思わないがアデーレとの関係を考慮《こうりょ》すると、多少はフォローするべきだろう。この二人は拮抗《きっこう》している状態が良いのであって、片方が圧倒的な勝利を得てはいけないのだ。

「だが余計な不安だったな。約束を守るだけでなく、仕えている男爵家にまで抗議するとは思わなかった。素晴らしい父親だ」

デスクに置かれた手を優しく触り、ユリアンヌに顔を近づける。

「その血を継《つ》いでいるユリアンヌ、君のことも信じている。これからも俺と一緒にいてくれるか？」

信じてるなんて言ったが、ユリアンヌがいつ裏切っても大丈夫なように準備を進めている。

母親をこの屋敷に住まわせることも、そのうちの一つだ。

ヨンだけでなく、ユリアンヌが裏切るような動きをしたら、母親を使って脅すつもりである。婚約者ですら信用できない状況に少しだけ寂しさを感じるが、俺は裏切りに気づける男ではないので、保険に頼る性格は変えられない。

「もちろんですっ！」

先ほどの不満そうな顔は吹《ふ》き飛んで、今は嬉しそうにしている。

この女、本当にチョロいな。

俺以外の悪い男に騙《だま》されないか心配になってきたぞ。

「ジャック様！　私だってずっと一緒にいます！　どんな命令だって従いますからっ！」

我慢《がまん》できなくなったアデーレがユリアンヌの隣《となり》に立つと、空いている俺の手を握ってきた。相変わらず忠誠心が高くて安心する。俺の懐刀《ふところがたな》と言っても過言ではないので、これからも変わらず付いてきてほしい。そのためであれば、手を握ることぐらい許そう。

「もう、僕《ぼく》は戻っても大丈夫ですか？」

俺が女とイチャイチャしているとでも思ったみたいで、恥ずかしそうにしているグイントが遠慮がちに言ってきた。

別に帰ってもいいのだが、グイントもこれから俺のために働いてもらわなければ困る。保険を少しかけておくか。

「いや、少しだけ話したいことがある。こっちにこい」

「はいっ！」

何を言われるのかわからず緊張しているようにも見える。手を握っている二人にはない、初々しさが良いな。デスクの前は埋《う》まっているので、グイントは回り込んで俺の隣にまできた。

「祖父の状態はどうだ？」

「おかげさまで元気にしておりますが、少しだけ問題が……」

「何があった？」

「第四村に住みたいと言ってるんです。危険だと言っても聞いてくれなくて」

妻の故郷で骨を埋めたいとか考えているんだろう。グイントは魔物に襲われたことを考えて不安で仕方がない、といった状況か？

これは使えるな。金でも渡そうと思ったのだが、別の方法で保険をかけよう。

「確かに魔物は恐ろしいな」

「そうなんですっ！　また襲ってきたらと考えたら怖《こわ》くて……ジャック様、何とかなりませんか⁉」

「……グイントの願いであれば叶《かな》えてやる」

少し考えるような素振《そぶ》りをしてから、結論を伝える。

「第四村に兵を派遣して、村を守らせよう」

兵を派遣するのにも金がかかるので本当はしたくはないが、グイントが大人しく従ってくれるのであれば、やる価値はある。

「ありがとうございますっ‼」

決断を聞いたグイントは飛び跳ねながら喜んでいた。

俺も保険が一つ追加できたと満足していたら、黒い靄《もや》が視界に入る。

くそ！　逃げなければと腰を浮かしかけたのだが、両手をユリアンヌとアデーレに握られているため動けない。

「うぁぁあああ」

着地した瞬間《しゅんかん》に足をくじいたのか、グイントが俺に覆《おお》い被《かぶ》さってきた。

女に見える顔……いや、唇《くちびる》が近づいてくる。このままだとキスしてしまうのだが、俺はなぜか受け入れる気持ちになっており、動けない。

もうすぐで接触《せっしょく》する。

そう思っていたら、グイントの頭が鷲《わし》づかみされた。

「いたい、いたいでーーすっ！」

怒りの形相をしたユリアンヌがグイントの頭を持ち上げる。

「悪い子にはお仕置きが必要ですね」

双剣を抜いたアデーレが近づいていた。

視線はグイントの股間《こかん》に固定されていて、これから何を切り落とそうとしているのかわかってしまう。さすがにこれは可哀想《かわいそう》だろ！

「二人とも止めるんだッ！」

俺の叫《さけ》び声を聞いて部屋の外で待機していたルミエが入ってきた。

「アデーレを止めるから、その間にグイントを助けろ！」

「か、かしこまりました！」

今の状況なんて理解できていないだろうが、命令に従ってユリアンヌに駆《か》け寄っていった。アデーレは俺が取り押さえたので、これでグイントは大丈夫だろう。

早めに黒い靄の正体を突き止めないと、体がもたんな。

書き下ろし短編

領民受けの良い領主を目指して

レッサー・アースドラゴンを討伐してから数日後。案内役のケヴィンと護衛のアデーレを連れて、領内の視察に来ている。場所はジラール領の中心、俺の屋敷がある町だ。

悪政が長く続いた影響はすぐには消えないようで、歩いている人々の服は薄汚れていて、頬はこけている。食べるものがないので、痩《や》せてしまったのだろう。税は軽くしたが、すぐに効果は出ない。しばらくは、この状況が続くはずだ。

＊＊＊

「誰も話しかけてこないな」

今は表通りを歩いているのだが、領民たちは俺の姿を見ると距離を取り、子供を家に隠してしまう。相変わらず警戒心は高いままである。第三村を守った話は聞いているだろうが、ジラール家の悪いイメージを覆《くつがえ》すほどではなかったようだ。

「ジャック様は、領民が気軽に話しかけて良い立場ではありません」

ケヴィンの言い分は正しいが、もう少し領民の好感度を稼いでおきたい。反乱フラグを叩き折るためにも、俺を見ても怯えないぐらい、親しみのある領主になりたいのだが。

「助けて!!」

今後について考えを巡らそうとしていたら、遠くから女性の声が聞こえた。

隣にいるアデーレの犬耳は、音がした方向を探しているようで、小刻みに動いている。

「場所は分かるか?」

「こっちです」

紅い双剣を抜いたアデーレが、静かに走り出した。

俺も後に続こうとしたら、ケヴィンに声をかけられる。

「ジャック様も行かれるので?」

領主の仕事ではない、なんて言いたそうな顔だ。俺の行動に不満を感じているのだろう。

「領内で起こったかもしれない事件を無視しろと言いたいのか?」

「いえ、そうではないのですが……」

「だったら行くしかないだろ。領民を守るのも、領主の仕事だ」

俺の言葉を聞いた近くの領民が、目を輝かせている。期せずして、よい領主アピールができてしまったようだ。下がりすぎてしまった好感度が上がり、俺のことを信じるようになってくれれば、搾取《さくしゅ》構造が作りやすくなる。良い流れになりそうだ。

「ジラール男爵の、おっしゃるとおりでございます」

領民の目が集まっていると気づき、ケヴィンは深々と頭をさげた。

反抗的な態度を取ってしまえば、周囲に示しが付かないとでも思ったんだろう。

「わかればいい。アデーレの後を追うぞ」

体内の魔力を開放して身体能力を強化、走り出すと、家の間に作られた細い道を進む。

地面に木箱や酔い潰れた男がいたので飛び越え、急に開いたドアは蹴破った。

「修理代だ」

後ろにいたケヴィンが、ドアを開けた年配の女性に銀貨を一枚投げる。

気が利くじゃないか。カッコいいので俺もマネしよう。

「てめあぇ！　邪魔するんであねぇぞッ！」

野太い男の声が聞こえた。すぐ近くだ。呂律《ろれつ》が回っていないようにも感じたので、酔っ払いが暴れているのかもしれない。

路地を左に曲がると赤い髪の少女、アデーレの後ろ姿が見えた。隣には頬が赤く腫《は》れた平民の女性がいる。奥には首を傾けながら涎《よだれ》を垂らし、鉄の棒を振り上げている男がいた。

「おまえにゃぁな！」

意識は正常じゃないようで、上を向いて叫んだ。

見えない何かと戦っているのだろう。

「酒を飲むと、あそこまでおかしくなるのか？」

「なりません。最近、領内に流通しはじめた、違法薬物を使用したのだと思われます」

「ほう。そんなことをするヤツがいるのか」

領地を立て直しているときに、邪魔《じゃま》をしやがって。許せるわけがない。さっさと捕まえて、見せしめに処刑しなければ。違法薬物についての報告を怠《おこた》ったケヴィンを睨みつける。

「調査は終わっているんだろうな?」

「もちろんでございます」

涼しい顔で返事をされてしまった。俺が怒っても気にしていないようなので、いつか必ず驚かせてやると決心する。覚えておけよ。

「詳細が聞きたい。一度、屋敷に戻るぞ」

「かしこまりました」

ケヴィンとの話がまとまったので、今度はアデーレに指示を出す。

「そこの男は、牢屋《ろうや》にぶち込んでおけ」

「保護した女性はどうします?」

銀貨を取り出して親指で弾く、アデーレは片手で受け止めた。

「治療費だ。それを渡して家に帰してやれ」

平民たちは俺のために働いてくれる貴重な人材だ。

怪我はさっさと治してもらい、金を稼いでもらわないと困るのである。

＊＊＊

屋敷に戻ると、ケヴィンから薬物流通についての詳細を聞いた。

どうやらヴェルザ商会に所属している下っ端が、他領の悪徳商人にそそのかされて、禁止している薬物の販売をしているようだ。

大きな事件へ発展する前に犯人が特定できたらしく、私兵を動かして捕まえに行く準備を進めているらしい。俺への報告は行動する直前にして、一緒に突入する予定だったとのことだ。裏で動いていたのは正直ムカつくが、迅速に動いていたことは褒めても良いだろう。もし俺に黙って私兵を動かしていたのであれば、それを理由にケヴィンを処罰していたことだろう。


私兵を十人とケヴィン、アデーレを連れて、真っ昼間から雑貨屋を取り囲んでいる。

裏口はルートヴィヒ、正面は俺が指揮を執《と》る計画だ。

隣に立つケヴィンが罪状を書いた羊皮紙を掲げる。

「違法薬物の販売罪によって、ブレットを取り押さえに来た！　匿《かくま》えば店ごと潰すッ！」

年を取ったとは思えないほど重く、大きな声だ。

普通なら怯《おび》えてすぐに犯人を差し出すはずなのだが、店内が動いている気配はない。

「ヴェルザ商会は、犯人の扱いについて何と言っていた？」

「ジャック様の判断に任せると、言質をとっております」

であれば、ヴェルザ商会が犯人を逃がした可能性はないな。むしろ余計な調査が入らないよう、さっさと追い出すはずだ。

「薬物をばら撒いてた男は、下っ端《したっぱ》だったよな？」

「間違いありません」

ケヴィンは何を考えているか分からないが、仕事はきっちりとこなすタイプである。俺に渡した情報は正しいはず。

独自に店が動いて、犯人を匿っている線もないだろう。税率が改善されて商売がしやすくなった今、領主である俺に刃向かってまで、下っ端を守る理由なんてないのだから。

「店内で、何かが起こったな」

腰にぶら下げていたヒュドラの双剣を持つと、アデーレや私兵たちも武器を抜いた。

私兵の存在が目立っていることもあり、付近に住んでいる領民たちが集まりだしている。これ以上、騒ぎが大きくなる前に終わらせるか。

「突入……なにッ⁉」

合図を出そうとしたら、全身が血まみれの男が店から出てきた。片手には斧、もう一方には、頭が潰れた男を引きずっている。口からは涎が出ていて、目の焦点は合っていない。この前、偶然出会った薬物中毒者と似たような様子だ。

「あれがブレットか？」

「いえ、違います。店長の息子だったかと」

息子も薬物中毒者だったということか？　いや、違う。金が手に入っても、正気を保てなければ意味がない。店長の息子となれば損得勘定《そんとくかんじょう》ぐらい出来るだろうから、薬物に手は出さないだろう。

「ジャック様……あれって……」

俺を守るように立っていたアデーレが、紅い双剣の切っ先を店内に向けた。

様子を見ていると、薬物中毒者が三人出てきた。男が二人に、女が一人。剣やナイフなどを持っている。身なりからして、ここの店員だと予想できた。

「あ……あっあ……」

言葉にならない声を出しながら、ゆっくりと近づいてくる。

「元に戻せるか？」

独自に調査をしていていたケヴィンに聞いてみると、首を横に振って否定された。

やはりか。重度の薬物中毒者になってしまえば、前の状態には戻れないようだ。

「薬物の効果が消えたらどうなる？」

「生きる屍《しかばね》となります」

俺のために働く貴重な人材を減らしやがって。違法薬物に強い嫌悪感を覚えた。

領内に持ち込んだブレットは、即座に処刑してやる。そそのかした悪徳商人も同罪だ！

「今すぐ武器を手放すなら、命だけは助けてやる！」

理性が吹き飛んでいることもあって、俺の言葉は通じなかった。薬物中毒者は近くにいる私兵に襲いかかる。

見知った顔だからか、私兵たちは反撃しない。攻撃を弾きながら俺を見ている。目が、彼らを救ってくれと、訴えかけているようだった。

「……アデーレ、取り押さえろ」

「わかりました！」

最強キャラとして活躍したアデーレであれば、安全に制圧できる。心配は無用だ。現場を任せると、俺は元凶を捕まえるべく店の中に入っていく。

照明は消されているようで、周囲は薄暗い。明かりが欲しいなと思っていると、後ろにいるケヴィンが、ランタンに明かりを付けた。

「手際がいいな」

「ジャック様のお役に立てたのであれば光栄ですね」

心がこもっていない声で言われても嬉しくはないぞ。

お世辞を言うのであれば、もう少し演技をしてくれ。

「くるなッ！」

明るくなった店内の奥に、涙を流しながらナイフを持つ男がいた。足元にはコップがいくつか転がっていて、僅かに紫色の液体が残っている。薬物は経口摂取《けいこうせっしゅ》タイプのようだ。

「あれがブレットです」

「俺の領地を荒らした不届き者め。覚悟はできているだろうな？」

ヒュドラの双剣を軽く振ってから近づく。

ブレットは後ろに下がるが、壁に当たってしまい、逃げられない。

「待ってくれ！　薬物をばらまいて手に入れた金は渡す！　だから助けてくれ！」

「お前を処刑し、財産を没収するから不要だ」

「頼む！　何とかしてくれ！　領主だろ！」

「断る。お前が選べるのは、死ぬ場所がここか、それとも処刑場か、それだけだ」

嗤《わら》ってやると、ブレットは絶望した顔になった。

逃れられない死を目の前にして、やけになったのだろう。ブレットは両手でナイフを持ち、切っ先を俺に向けながら突進してきた。

「うぁぁぁあああ!!」

右手に持ったヒュドラの双剣でナイフを上に弾き、がら空きになった腹に向けて、左手に持った剣で突き刺した。ブレットは口から血を吐き出し、恨《うら》むような顔をして倒れる。

「お見事です」

パチパチパチと手を叩いて、ケヴィンが俺を褒めた。

「これからどうされますか？」

「死体を持ち帰る」

「かしこまりました」

ケヴィンはブレットを抱えると、俺と共に外に出る。

私兵を襲っていた薬物中毒者はロープに縛られていて、取り押さえは無事に終わっているようだ。

店の様子を見に来た領民は、さらに増えている。俺たちを囲むようにして数十人はいた。

「ジャック・ジラールが、違法薬物の販売人を処分した！　皆の者、よく覚えておけ。俺は領地を荒らす者は絶対に許さないッ！」

ケヴィンに視線を送る。

小さく頷いてから、ブレットの頭を摑んで、高く掲げた。

「こいつみたいに死にたくなければ、清く正しく生きろ！　素直に従う限り、俺はお前たちを守ろう！」

誰よりも先にアデーレが拍手をして、私兵が続く。すると、俺たちを見ていた領民たちも、パラパラと手を叩き始めた。口々に「不正を許さない領主だ」などと言っていて、先ほどのパフォーマンスが、良い方向に効果を発揮していると確信する。

ささいな出来事かもしれないが、こういった活動が俺のイメージアップにつながり、ひいては裏切りフラグをへし折ることにつながるのだ。

あとがき

こんにちは、わんたです。

皆様に支えられ、ついに第二巻を刊行することができました。このような機会を与えていただいたことに、心より感謝しております。

また電子書籍として、北米でも出版されることになりました。今後、コミカライズも控えており、作者として、とても楽しみにしています。

さて二巻ですが、一巻から始まった事件の大枠が見えてきましたね。予定通りに進めば、三巻で一区切となります。もし続きを出せるようでしたら、某男爵との対決を書きたいな、などと思っております。

とはいえ、ストーリーを考えても売上げが伸びなければ、続きは出せません。本作を楽しいと思っていただけたら、SNS等で宣伝してもらえると、大変励みになります！　レビューも大歓迎です！

最後に感謝の言葉を。

美麗なイラストを描いてくださった夕薙様。イラストを拝見する度に、幸せな気持ちになっております。ユリアンヌは王子様っぽく女性にも好かれそうで、グイントは男の娘としての魅力が前面に出たデザインだと感じております。

また担当編集のK様には、今回も原稿のチェック等で大変お世話になりました。沢山のコメント、大変ありがたく感じております。

また、本書を手に取っていただいたあなたにも、感謝しております。皆様がいなければ、二巻が出ることはありませんでした。

それではまた、次回お会いできることを祈っています。

DRE NOVELS

悪徳貴族の生存戦略 2

2023年5月10日　初版第一刷発行

著者　わんた

発行者　宮崎誠司

発行所　株式会社ドリコム
〒141-6019　東京都品川区大崎2-1-1
TEL　050-3101-9968

発売元　株式会社星雲社（共同出版社・流通責任出版社）
〒112-0005　東京都文京区水道1-3-30
TEL　03-3868-3275

担当編集　小原豪

装丁　AFTERGLOW

印刷所　図書印刷株式会社

ISBN978-4-434-31879-5

ファンレター、作品のご感想をお待ちしております。
右のQRコードから専用フォームにアクセスし、作品と宛先を入力の上、
コメントをお寄せ下さい。
※アクセスの際に発生する通信費等はご負担ください。